U0065796

А. С. ПУШКИН: ПОВЕСТИ И РОМАНЫ

ПОВЕСТИ ПОКОЙНОГО ИВАНА ПЕТРОВИЧА БЕЛКИНА

1830

別爾金小說集

ПОВЕСТИ ПОКОЙНОГО ИВАНА ПЕТРОВИЧА БЕЛКИНА

俄 亞歷山大·普希金 著

宋雲森 譯

啟明出版

目　錄

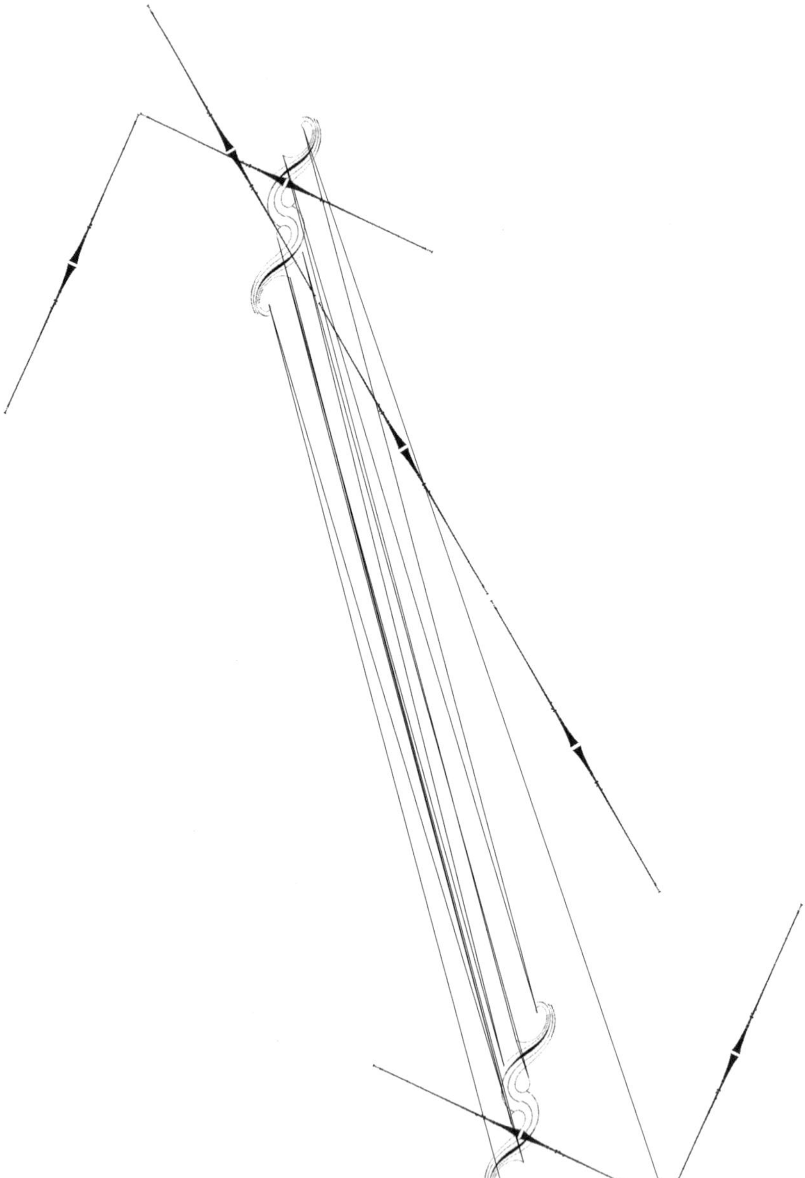

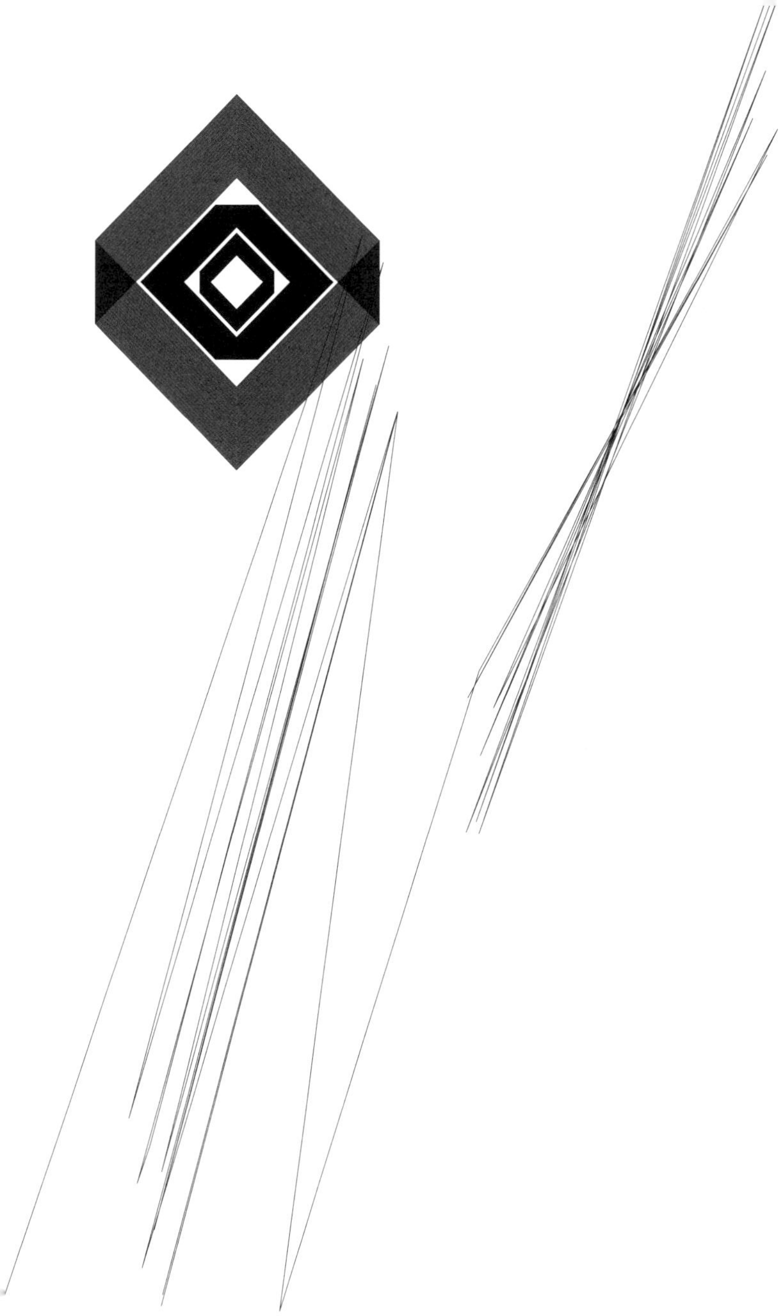

別爾金小說集 1

普洛絲塔科娃：

呵，我的老爺呀，他從小就愛聽故事。

斯科季寧：

米特羅方就像我。

——《紈袴子弟》[2]

1 本小說集全稱應該是：《已故之伊凡．彼得洛維奇．別爾金中篇小說集》（Повести покойного Ивана Петровича Белкина）。譯者為求簡潔有力，採用《別爾金小說集》作為本書譯名。

2 《紈袴子弟》（Недоросль, 1782）是十八世紀俄國傑出古典主義劇作家馮維辛（Денис Иванович Фонвизин, 1744 或 1745–1792）的名著。

出版者前言

伊·彼·別爾金的這部小說集現在終於呈獻在公眾之前，我們在著手為它的出版而奔波之際，即想附上已故作者的生平，哪怕是短短的也好，如此多少可滿足我國文學愛好者理所當然的好奇心。為此我們曾經找上瑪麗亞·亞歷山大蘿芙娜·特菈菲莉娜，她是別爾金最近的親人與遺產繼承人；不過，很遺憾的，她未能提供我們有關作者的任何資料，因為她對作者根本一無所知。她建議我們不妨求教於一位可敬的人士，他是別爾金的故友。我們按照她的建議寫了一封信，於是收到如下讓人滿意的回音。我們不作任何修飾與註解，原文照登，以作為高尚見識與感人友誼的寶貴紀念，同時也作為一項極其可靠的傳記材料。

敬愛的某某先生閣下：

您本月十五日之來函，我有幸於本月二十三日收悉。貴函表示希望獲得有關本人已故摯友暨莊園鄉鄰——伊凡．彼得洛維奇．別爾金之詳細資料，包括：生卒年月、職務、家庭狀況，以及事業與性情等。本人將滿心樂意完成閣下您這項心願，並就記憶之所及，將他之言談與我個人之觀察盡悉奉告。

伊凡．彼得洛維奇．別爾金在一七九八年生於戈留辛諾村，父母都是正直、高尚人士。父親是二級少校[1]——彼得．伊凡諾維奇．別爾金，現已亡故，生前娶特拉菲林家之閨女彼菈蓋雅．佳弗莉洛芙娜為妻。父親家境不算富裕，但生性節儉，持家理財方面十分精明能幹。他們的兒子接受初等教育，受教於鄉村教堂之執事。似乎，多虧這位可敬的人物，他才養成讀書並從事俄羅斯文學的興趣。一八一五年，他加入步兵輕騎兵團（番號我已記不得），並待在這兵團直至一八二三年。他雙親幾乎同時過世，因此他只得解甲歸田，回到戈留辛諾村自己的世襲領地。

1 二級少校（секунд, майор）是十八世紀俄國陸軍中介於上尉與少校之間的軍銜。

伊凡．彼得洛維奇掌管莊園不久，由於經驗短缺，加上心腸又軟，隨即荒廢經營，其亡父生前一手建立的嚴格制度也因此大為鬆弛。他撤換機靈、勤奮的村長，理由是他的農民們對村長不甚滿意（其實他們習慣如此），並將村莊事務委託給掌管糧倉鑰匙的年邁女管家負責。這位女管家贏得他的信任，只是因為她善於說故事。這位老太婆奇蠢無比，連二十五盧布和五十盧布的鈔票從來都分不清楚；她是所有農民的教母，他們對她毫不畏懼。農民自行推選的村長對他們是一味地縱容，還一起狼狽為奸，甚至迫使伊凡．彼得洛維奇撤銷勞役制，而代之以寬鬆的代役制。即便如此，農民欺他軟弱，第一年還要求可觀的優惠，以後幾年超過三分之二的代役租金則是以核桃、越桔之類的東西繳納；甚至有人欠租不繳。

身為伊凡．彼得洛維奇亡父之好友，我自認有責任對故人之子提出忠言，並曾多次自告奮勇幫他重建他所廢棄的舊有規章。為此之故，有回我到他府上登門造訪，要來帳簿，並把那滑頭的村長叫來，就當著伊凡．彼得洛維奇的面，查起各項帳目。這位少東家一開始跟著我查帳是既用心，又勤奮；但是一當帳目顯示，近兩年農民人口增加，家禽與家畜的數目卻大大減少，而伊凡．彼得洛維奇對於查出這些初步資料，已感心滿意足，接下去就不再理會我了；經過一番努力追查與嚴詞詰問，這位滑頭村長已被我逼得驚慌失措，無詞以對，這當兒我卻聽得伊凡·彼得洛維奇在椅上鼾聲大作，讓我氣惱不已。從此以後，我不再過問他家業的經營，而把他的事交付給至高無上的神了（他本人的態度亦復如此）。

話雖如此，這對我們的友情卻絲毫無損。我同情他的軟弱，以及他那要命的、無憂無慮的個性，而這也正是我們貴族青年的通病，但我還是打從心裡喜歡伊凡·彼得洛維奇。更何況這樣一位溫和、誠實的年輕人，實在無法不讓人喜歡。至於伊凡·彼得洛維奇，他也敬重我這位長者，由衷地對我表示友善。直至他去世，他幾乎每天都會與我見面，哪怕是我簡單不過的談話他都很珍視，雖然無論是習慣、思想、或個性，我們兩人是大相逕庭。

伊凡·彼得洛維奇的生活極其簡樸，避免各類奢華。即使喝得微醺的情形，他也從未讓我撞見過（這在本地被視為奇蹟，可是前所未聞）。對於女性他極度愛慕，卻又表現出純真少女般的靦腆。[2]

2 接著，有一段趣事，我們認為實屬多餘，因此未公諸於世；不過，我們向讀者諸君保證，其中並未有任何損及伊凡·彼得洛維奇·別爾金其榮譽之事。——普希金原註除了貴函所提到的幾篇中篇小說，伊凡．彼得洛維奇還留下很多手稿，其中部分保留在寒舍，部分則被那位女管家用於各類家事。比方說，去年冬天她廂房所有窗戶所糊的，就是伊凡．彼得洛維奇未完成的長篇小說的第一部。至於之前所提的幾篇中篇小說，大概是他初試啼聲之作。這幾篇小說，套用伊凡．彼得洛維奇之言，大都是真人真事，是他從不同人物口中聽來的。[3]不過，小說中所有人名幾乎是他本人虛構，村莊名稱則借用自我們當地一些村落，因此我們村莊也在書中某處提及。這並非出於什麼不良企圖，而只是缺乏想像力而已。

一八二八年秋，伊凡．彼得洛維奇罹患感冒，身體忽而發熱，忽而發冷，後又轉為熱病，雖經本縣一位技術高超、尤其擅長治療雞眼等痼疾的醫生極力搶救，仍不治身亡。他在我懷中溘然長逝，得年三十，埋葬於戈留辛諾村教堂墓地，位於他父母墳墓之旁。

伊凡．彼得洛維奇身材中等，眼睛灰色，頭髮淡褐色，鼻樑挺直，一張臉又白又瘦。

敬愛的先生，有關我已故鄰人暨好友之生活、事業、性情與外表，我所能想到的一切盡述於此。萬一閣下認為敝函有任何可用之處，懇請切勿提及本人名字。儘管我非常敬重與愛戴作家，但僭越此一名號，我認為仍屬多餘，何況以我之年歲更屬不宜。謹致誠摯之敬意。

一八三〇年十一月十六日

於涅納拉多沃村

對於本書作者的這位可敬的朋友，我們有義務尊重其意願；對於他提供這些材料，我們致上最深切的謝意；我們並期望，讀者諸君能欣賞這些材料中所顯示之真誠與善意。

A.P.

3 事實上，別爾金先生的手稿中，作者都會在每篇小說之前親筆寫上：本人聽自某某人物（官銜或頭銜，以及姓名第一個字母）之口。我們摘錄如下，以饗好奇之研究者。〈驛站長〉是作者聽自九品文官A.G.N.，〈射擊〉聽自中校I.L.P.，〈棺材匠〉——某地主管家B.V.，〈暴風雪〉與〈小姐與村姑〉——少女K.I.T.。——普希金原註

射擊

我們開槍決鬥了。

——巴拉丁斯基[1]

我發過誓要在決鬥中將他一槍斃命。

（他還欠我一槍）

——《野營之夜》[2]

（一）

我們駐紮在某個小地方。軍官的生活誰都知道。早上出操，騎馬；午飯在團長家裡或猶太飯館打發；晚上則喝喝潘趣酒[3]，打打牌。在這地方既沒有經常宴客之家，也沒一個未出閣的姑娘；我們只能輪流在各人寓所聚會，在這兒，除了軍服外，什麼都看不到。

我們這夥人中，只有一個不是軍人。此人三十五來歲，因此我們都把他看作老頭兒。豐富的人生閱歷讓他在我們面前具有很多的優勢。此外，他常鬱鬱寡歡，脾氣火爆，詞鋒銳利，對我們這些年輕的心靈擁有深刻的影響力。他一生際遇充滿神祕的氣息；他看似俄國人，取的卻是外國名字。他一度服役於驃騎兵團，甚至是風光得意；但沒人知道，何以他會退役，並落腳在這窮鄉僻壤；在這兒，他的生活是既清苦又奢華：他出門總是步行，一身破舊的黑色禮服，卻經常大開宴席，招待我們團裡所有軍官。的確，他請客只有兩三道菜，還是由退役士兵調理的，可是香檳酒卻像流水般源源不絕地供應。無人知道他有多少家產，多少收入，可誰也不敢開口多問。他家藏書不少，大多是軍事書籍，還有小說。他很樂意把書借人，從不討還；不過，他向人借書也從不歸還。他日常的主要功課是手槍射擊。他房裡四壁被子彈打得千瘡百孔，到處坑坑洞洞的像蜂窩。他收藏很多手槍，是他這間簡陋黏土屋子裡僅有的奢侈品。他槍法高超，讓人難以置信；要是他想從什麼人的軍帽上一槍打下梨子，我們團裡誰都會毫不猶豫地把腦袋伸了過去。我們的談話常會涉及決鬥之事；西爾維奧（我就如此直呼其名）從不插嘴談論此事。有人問道，他是否有過決鬥，他總是淡淡地答說有過，便不再細說，顯然，這類話題讓他深感不快。我們認為，準是哪個倒楣傢伙成了他可怕槍法的冤魂，並壓迫著他的良心。再怎麼樣，我們腦海裡想也沒想過，他會有什麼類似懦弱的行為。有一種人，單憑外表就能讓人打消這類的懷疑。不過，發生了一項意外事件，讓我們大夥兒都大為吃驚。

有一回，我們軍官大概十來個人，在西爾維奧家裡用餐。我們酒也喝得跟往常沒有兩樣，也就是喝得很多。飯後我們就勸說主人做莊和我們玩牌。他推辭許久，因為他幾乎從來不玩牌；

1 巴拉丁斯基（Евгений Абрамович Баратынский, 1800–1844），十九世紀前半俄國著名詩人。本篇小說的第一句題詞引用自巴拉丁斯基的長詩《舞會》（Бал, 1828）。

2 《野營之夜》（Вечер на бивуаке, 1822）是俄國作家別斯圖哲夫（Александр Александрович Бестужев, 1797–1837）的小說。他常以筆名「馬爾林斯基」（Марлинский）發表作品。

3 潘趣酒（пунш）是一種由烈酒（蘭姆酒或伏特加酒）、糖、果汁（通常是檸檬）、茶與開水調合而成的飲料。

最後他還是要人把牌拿來，並在桌上倒了五十個金幣，就坐下發牌。我們圍著他坐了下來，牌局於是開始。西爾維奧有個習慣，打起牌來總是默不吭聲，從來不與人爭論，也不多加解釋。要是有下注賭友算錯帳，他會隨即把少算的付清，或者將多要的記下。我們都知道他的習性，就任他按自己的方式做莊。不過我們當中有一位軍官，不久前才調到我們這兒。他玩牌時心不在焉，多此一舉地折了個角[4]。西爾維奧拿起粉筆，按照自己的習慣把數目記上。這軍官以為他弄錯了，便向他說明。西爾維奧卻不吭一聲地繼續發牌。這軍官大感不耐，逕自抓起刷子，把他認為不必記的數字擦去。西爾維奧拿起粉筆，再次記上。這軍官又是喝酒，又是賭錢，再加上受到同袍訕笑，火氣上升，這時自認遭受嚴重羞辱，盛怒之下，從桌上一把抓起銅製燭台，便朝西爾維奧擲去，西爾維奧險險地閃過這一擊。我們一陣騷動。西爾維奧霍然站起，由於憤怒而臉色煞白，雙眼火光閃動地說道：「閣下，請您離開，您得感謝上帝，幸虧這是發生在我家。」

後果將會如何，我們毫不懷疑，都認為這位新同事死定了。這軍官走出去之前說道，對於莊家此番汙辱，他將悉聽尊便，樂意奉陪。之後，牌局又繼續幾分鐘；不過，大家覺得主人已無心打牌，便一一離席，各自返回住所，一路上談到團裡很快就要出現一個職缺。

翌日，在練馬場上我們紛紛問道，這位倒楣的中尉是否還在人世，這當兒他又出現在我們之間；我們便問他，事情如何。他回答，有關西爾維奧方面他並無任何訊息。這讓我們大感驚奇。於是我們前往西爾維奧家，發現他在院子裡打靶，槍槍打在貼於大門的愛司牌[5]上，而且是後一發子彈正中前一發的位置。他一如往常地招待我們，對昨日的事卻隻字不提。三日過去，中尉還是活得好好的。我們不禁詫異地問道：「難道西爾維奧不準備決鬥嗎？」西爾維奧終究沒有決鬥。中尉隨便地解釋幾句，他就此滿意，二人於是言歸於好。

這事一時之間讓他在年輕人心目中威望掃地。缺乏勇氣是年輕人最不能原諒的，他們往往把勇敢視為人類優點的極致，只要勇敢，什麼可能的缺點都可以原諒。不過，這一切漸漸被淡忘，西爾維奧重獲先前的威望。

一個人時，我已無法接近他。我天生富有浪漫情懷，在此之前，我比誰都仰慕生命像謎般的人物，這種人物讓我覺得像是某一部神祕小說的主角。西爾維奧也很喜歡我，至少和我說話，不會帶有那種習慣性的尖酸惡毒，並且跟我無話不談，態度坦誠，特別愉快。但在那不幸夜晚之後，常想到他名譽掃地，而且名譽未獲洗刷又是他咎由自取，這樣的念頭一直揮

---

4 按當時打牌習慣，折角表示賭注加倍。

5 也就是撲克牌中的A牌。

之不去，讓我無法和他恢復往日的交情。即使看他一眼，我都會難為情。西爾維奧精明老練，不可能察覺不出這種狀況，也不可能猜不透其中原委。他似乎為此頗為難過；至少有兩回我看出他有意向我解釋，但我卻故意避開，於是他對我就不再搭理了。從此以後，我與他照面都是有同袍在場，往日那種推心置腹的交談已不復存在。

很多鄉村或小城鎮居民司空見慣的事情，對於漫不經心的京城人士是無法理解的。大家引頸期盼郵件來臨的日子即是一例：每個星期二和星期五，我們軍團的辦公室都擠滿了軍官；有人等錢，有人等信，有人等報紙。信件通常當場拆封，新聞互相流通，辦公室呈現一片熱熱鬧鬧的景象。西爾維奧的信件都是寄到我們軍團，因此這一刻他通常也會在場。有一回，他接到一封信，神情顯得迫不及待地拆了信封。匆匆瀏覽書信後，他兩眼閃閃發亮。每個軍官都忙著看自己的信件，其他事都未曾留意。「諸位，」西爾維奧對大家說道，「由於情勢緊急，我得即刻離開本地。今天深夜我就要動身；但願諸位賞光，最後一次到舍下進餐。我也恭候您來，」他轉身對我說道，「我一定等您到來。」說完這話，他便匆匆走了出去。於是我們說好在西爾維奧家會面，便各自散去。

我按時來到西爾維奧家裡，發現幾乎全團軍官都已齊聚他家。他所有家當都已打理妥當，只留下光禿禿、彈孔累累的牆壁。我們紛紛落座；主人心情特佳，他的快樂情緒迅速感染大家。瓶塞啪啪爆響，此起彼落；酒杯嗞嗞作聲，不斷冒泡；我們也衷心祝福這位即將遠行之人一路平安，事事順心。大家起身離席時，天色已很晚。趁著各自取帽時，西爾維奥與眾人道別，就在我也準備離去時，他拉住我的手，把我攔下。「我要和您談談，」他悄聲說道。我就留了下來。

客人都已離去；留下我們兩人；我們面對面坐下，默默地抽起煙斗。西爾維奧心事重重，已看不出一絲他那近似瘋狂的快樂。他臉色蒼白而陰沉，雙眼閃閃發亮，陣陣濃煙從口裡冒出，樣子活似一隻惡魔。過了半晌，西爾維奧打破沉默。

「或許，我們今後再也不會見面了，」他對我說，「分手之前我想和您說說清楚。您看得出來，我很少在乎別人的意見；但我很喜歡您，所以覺得，要是您心中對我有什麼不公道的印象，我會很難過的。」

他停了下來，往抽完的煙斗裡裝填煙草；我垂下目光，沉默不語。

「您一定覺得奇怪，我怎沒向這爛醉的莽夫要求決鬥。」他繼續說道，「您必然認定，我有權選擇武器，因此他的老命準落在我手裡，而我幾乎會是毫髮無傷。對於本人的自制，我可推說是自己寬宏大量。不過，我不願說謊。要是我能好好懲治他一番，又可擔保自己生命安全無虞，那怎樣我也不會饒過他。」

我錯愕地望著西爾維奧。他這番表白讓我大感困惑。西爾維奧又說道：

「確實，我沒有權力讓自己遭受死亡的危險。六年前我挨了一記耳光，而我的仇家至今還安然無恙。」

這話激起我強烈的好奇。

「您沒跟他決鬥嗎？」我問。「想必，情勢所迫，你們未能碰頭。」

「我跟他決鬥了，」西爾維奧回答，「而這就是我們決鬥的紀念。」

西爾維奧站了起來，從一個紙盒裡取出一頂帶有金黃穗子，並且鑲著金黃飾邊的紅色帽子（法國人管它叫 bonnet de police）[6]。他把帽子戴上，那帽子距額頭一俄寸[7]處被子彈打穿一個洞。

「您知道，」西爾維奧繼續說道，「我曾經在某某驃騎兵團服役。我的個性您是知道的，我習慣什麼事都與人爭強鬥勝，從小我就有這種嗜好。在我們那時候，打架鬧事是一種時髦，部隊裡惹是生非我排第一。我們以酒量自豪，我酒量更勝過杰尼斯．達維朵夫[8]歌頌過的大名鼎鼎的布爾佐夫。決鬥在我們軍團裡是家常便飯，每回決鬥也都有我的分，我不是見證人，就是當事人。同袍崇拜我，但不時輪調而來的軍團司令卻視我為「必要之惡」。

「當我正平靜地（或者說，騷動地）陶醉於自己的威名之際，我們軍團裡調來一位家財萬貫、家世顯赫的年輕人（我無意透露他的名字）。打從出生以來我從沒碰過如此讓人眼睛為之一亮的幸運兒！要知道這樣一個人，年輕、聰明、俊美，快樂得近乎狂野，勇敢得肆無忌憚，聲名顯赫，揮金如土，錢財卻又源源不絕，再試想，這樣一個人會在我們之間所產生的影響。我的威望動搖了。惑於我的威名，他一開始想贏得我的友誼，我對他卻冷淡相待，於是他也毫不在意地與我疏遠。我對他是深惡痛絕。他在軍團裡與女性圈裡，都是無往不利，讓我徹底絕望。我開始對他找碴。我說說俏皮話挖苦他，他也會用俏皮話回敬，甚至我覺得，他的俏皮話總是比我的更出人意表，更犀利難當，當然，也更好笑許多，因為他是幽幽一默，我卻是怒氣沖天。終於有一回，在一個波蘭地主家的舞會上，我看到他受到眾女士的青睞，尤其是那位與我很有交情的女主人，我就在他耳邊講了俗不可耐的粗話。他勃然大怒，賞了我一記耳光。

6 法文，表示「警帽」。
7 一俄寸約等於四．四四公分。
8 杰尼斯．達維朵夫（Денис Давыдов, 1784–1839），俄國詩人。

我們都衝去拿軍刀，太太小姐們紛紛嚇昏。我們被人拉開，於是當天深夜我們就出去決鬥了。

「那是在拂曉時刻。我站在約定的地點，帶著我的三位證人。我等待著對手的到來，感到無以名狀的不耐。春天的朝陽已升起，熱氣漸漸降臨。我老遠看到他。他徒步而來，身穿軍裝，腰配軍刀，僅有一位證人陪伴。我們迎上前去。他走到跟前，手裡拿著軍帽，帽裡滿是櫻桃。證人為我們量了十二步距離。原該由我先開槍，不過當時我因氣憤而激動不已，沒把握能打得準，為了讓自己有時間冷靜，我就拱手讓他開第一槍；我的這位對手卻不同意。於是決定抽籤；抽到一號的是他，這個永遠的幸運兒。他瞄準好，卻一槍打穿我的軍帽。輪到我開槍了。他的生命終於落到我手裡；我饑渴地凝視著他，努力地要在他臉上捕捉到驚慌的神情，哪怕是一絲絲也好……只見他站在槍口下，還好整以暇地從軍帽裡挑選著熟透的櫻桃，並吐出櫻桃核，一顆顆飛到我的跟前。他一副蠻不在乎的樣子，簡直把我氣瘋。我心中暗想，他把自己的生死一點都不當一回事，我這時奪走他的生命，又有什麼意思？一個惡毒的念頭閃過我的腦海。我放下手槍。『看來，您現在沒把生死放在眼裡，』我對他說道，『您用早餐去吧，我就不便打擾了。』『您一點都沒打擾，』他回嘴，『請開槍吧，不過，一切悉聽尊便，這一槍您也可留著，我隨時候教。』我轉向證人，並聲明，今天我不想開槍了，於是這場決鬥就此落幕。

「我退了伍，並落腳在這個小鎮。打從那時起，我無時不刻不在想著報此一箭之仇。現在這一刻終於來臨……」

西爾維奧從口袋裡掏出早上收到的信件，遞給我看。有人（想必是受他委託的人）從莫斯科來信表示，該人士很快就要與一位年輕貌美的姑娘結婚。

「您猜猜看，該人士是何許人。」西爾維奧說道，「我這就前去莫斯科。我們倒要瞧瞧，在完成終身大事之際，他是否還能如此把生死置之度外，就像當年一樣，一邊吃著櫻桃，一邊等待著死亡！」

說著話時，西爾維奧霍然站起，把自己的軍帽往地上一扔，開始在房間裡往前往後地踱來踱去，宛如籠中之虎。我一動也不動地聽著他說，種種奇特而又互相矛盾的情感在我心中波濤洶湧。

這時僕人走了進來說道，馬匹備妥。西爾維奧跟我緊緊地握了握手，我們互相親吻道別。他登上馬車，車上裝了兩只皮箱，其中一只裝的全都是手槍，另一只則是他的日常用品。我們再次道別，馬車便飛奔而去。

（二）

過了幾年，家裡狀況讓我不得不遷居到某縣一個貧窮的小村子。經營家業之餘，我仍暗自念念不忘往日那熱鬧滾滾、無憂無慮的生活。當前最讓我難以習慣的是，離群索居的生活中，該如何消磨這秋冬的夜晚。午飯前，我馬馬虎虎還可打發時光，不是和村長聊聊，就是到各工作現場繞繞，或者去新的作坊走走。可是很快天色漸漸昏黑，我便全然不知該往何處。我從櫃子底下與儲藏室裡找出來的幾本書，已看得滾瓜爛熟。凡是女管家基里洛芙娜想得起來的故事，我已聽過多少遍；那些鄉下娘兒們的歌曲讓我覺得無趣。我一度也喝起不加糖的果子露酒，可是這酒又讓我頭疼；不錯，老實說，我也害怕變成藉酒澆愁的酒鬼，也就是最無可救藥的酒鬼，這種例子在我們縣裡我可見得多了。我家附近也沒什麼親近的鄰人，只有兩三個無可救藥的酒鬼，他們說起話來大多不是打嗝，就是唉聲歎氣。還不如一個人獨處來得好受些。

離我家四俄里[9]的地方，有一處富庶的莊園，歸屬於一位伯爵夫人，可是莊園裡只住著一位管家，伯爵夫人也只有來過這兒一回，就是她出嫁的第一年，而且也待不到一個月。不過，在我這種幽居生活的第二個春天，傳來風聲說，伯爵夫人和她的丈夫將來到自己的村莊避暑。果然，他們於六月初到來。

有錢鄉鄰的到來，對鄉下人來說，可是劃時代的大事。關於此事，地主們與家僕們在之前兩個月就會奔走相告，之後三年也還議論紛紛。至於我嘛，老實說，聽說有一位年輕貌美的女鄰居即將光臨本地，自然讓我興奮不已。我迫不及待地期盼著一睹她的風采，因此在她抵達本地的第一個禮拜天的午飯後，我即動身前往該村鎮，以最近的鄰人與最忠實的僕人的姿態，登門求見伯爵伉儷。

僕役把我帶進伯爵的書房，然後前去通報。寬敞的書房擺設極其豪華；靠牆處擺著書櫃，每個書櫃上都有一尊半身青銅雕像；大理石壁爐上方掛著一面大鏡子；地板上蓋著一層綠色呢子，再鋪上地毯。我遠離奢華，退居窮鄉僻壤，已經很久未見識大戶人家的闊氣，因此一時不禁膽怯，不安地恭候伯爵，宛如地方的請願者等候中央大員的接見。門打了開來，走進

9　一俄里等於一．〇六公里。

一位男子，年紀三十二歲上下，儀表俊美。伯爵走到我的跟前，神情開朗、友善。我極力鼓起勇氣，正要自我介紹，他卻搶先介紹起自己。我們各自落座。他言談既輕鬆，又親切，很快就消除我的扭捏與靦腆。我已漸漸恢復常態，這時伯爵夫人卻突然走了進來，讓我侷促不安更勝於前。她確實是個美人胚子。伯爵把我介紹了一遍；我努力表現出一副輕鬆自在的樣子，但我越故作瀟灑，越覺得自己笨拙。為了讓我有時間調整情緒，並習慣新認識的朋友，他們於是自己交談起來，把我當成相識已久的鄰居，不拘禮節。這時我便前後走動，瀏覽房中書籍與繪畫。對於繪畫我並不是什麼行家，但有一幅圖畫吸引了我的注意。這幅畫描繪的是瑞士風景，但讓我震驚的不是繪畫本身，而是圖畫被兩顆子彈打穿，還是一顆打在另一顆之上。

「好槍法。」我轉身對伯爵說道。

「沒錯，」伯爵答道，「槍法非常神奇。那您槍法很好吧？」他接著問道。

「還不錯，」我回答，這時我心中大樂，話題終於涉及我熟悉的題材，「三十步的距離打紙牌，我不會失手，當然，要用稱手的手槍。」

「真的嗎？」伯爵夫人說道，神情非常專注，「你呢，親愛的，你三十步外能打中紙牌嗎？」

「我們哪天試試看。」伯爵答道，「想當年我槍法還不壞，不過我已有四年沒摸過手槍了。」

「喔，」我說道，「要是這樣的話，我可以打賭，您閣下就是二十步外也打不到紙牌。槍法是要天天練習的，我這可是經驗之談。我當年在軍團裡也算是射擊好手。可是有一回，我碰巧因為手槍送修了，整整一個月沒摸過槍。閣下，您猜怎麼樣？後來我第一次射擊，二十五步外的瓶子，竟然一連四發都落空。我們團裡有一個騎兵上尉，很風趣，愛說笑，他當時剛好在場，便對我說：『老兄，看樣子，你是對這瓶子下不了手。』不可以的，閣下，不可忽視這種練習，要不然很快就生疏了。最好的射手我也碰過，他每天午飯前至少要射擊三趟。這已經是他的一種習慣，就像來一杯伏特加酒一樣。」

看到我談得起勁，伯爵和夫人也很高興。

「那他槍法究竟如何？」伯爵問道。

「就這麼說吧，閣下，有時啊，他一瞧見有隻蒼蠅飛落在牆上，您覺得好笑吧，伯爵夫人？真的，確實真的，有時他一瞧見蒼蠅，就叫道：『庫茲卡，手槍！』庫茲卡就為他拿來一把已經上膛的手槍。於是他碰的一槍，把蒼蠅打進牆裡！」

「這太驚人了！」伯爵說道，「那他叫什麼來著？」

「閣下，他叫西爾維奧。」

「西爾維奧！」伯爵驚叫一聲，從座位霍然跳起，「您認識西爾維奧？」

「怎會不認識，閣下。我們還是朋友呢！我們團裡都把他當作是自己兄弟。不過大概有五個年頭我沒有他任何訊息了。這麼看來，閣下您想必也認識他了？」

「認識，太認識了。他是否跟您說過……不會吧！我想，不會吧！他是否跟您說過一件讓人不解的事情？」

「閣下，可是他在舞會上挨了花花公子一記耳光的事情？」

「他可對您說過這位花花公子的名字嗎？」

「沒有，閣下，他沒說……哎呀！閣下，」我繼續說道，心中琢磨著怎麼一回事，「很抱歉……我可不知道……這該不會是您吧？……」

「正是我，」伯爵說道，一副沮喪萬分的神情，「這幅子彈打穿的畫就是我們最後一次會面的紀念品……」

「哎呀，親愛的，」伯爵夫人說道，「看在上帝分上，不要說了。我很害怕聽這事。」

「不行，」伯爵不表同意，「我要把來龍去脈都說出。讓他知道，我是如何羞辱他的朋友；也該讓他知道，西爾維奧是如何向我報了一箭之仇。」

伯爵把椅子向我挪近，於是我興致勃勃地聽到了以下一段故事。

「五年前我結了婚。第一個月，the honey moon[10]，我就是在這兒，在這個村莊度過。在這座屋子裡我度過生命中最美好的時刻，也擁有最難堪的回憶。

「有一天傍晚時刻，我們倆騎馬出去兜風。妻子的馬兒不知怎地耍起性子，她受到驚嚇，把馬轠交給我，自行徒步回家，於是我騎馬走在前頭。回到家裡院子，我瞧見一輛長途馬車停放在那兒。僕人告訴我，我書房裡坐著一名男子，不願吐露姓名，只說有事找我。我走進書房，在黑暗中看到一個人，風塵僕僕，滿臉鬍子。他就站在這兒，壁爐旁邊。我走到他跟前，努力想認出他的面貌。『你認不出我嗎，伯爵？』他聲音打顫地說道。『西爾維奧！』我驚呼，老實說，這時我感覺渾身突然毛髮悚立。『正是，』他又說道，『你欠我一槍。我是來開這一槍的；你準備好了吧？』一把手槍從他側面口袋露了出來。我量了十二步距離，就站到房角那兒，並要他趁我妻子還沒回來，儘快開槍。他卻慢條斯理地——要我點上燈火。蠟燭送來。我關上門，吩咐誰都不准進來，再次請他開槍。他掏出手槍，瞄準好了……我一秒一秒地數著……我想著她……可怕的時間過了一分鐘！西爾維奧把手放了下來。『很遺憾，』

—

10　英文，表示「蜜月」之意。

他說道，『手槍裡裝填的不是櫻桃核……子彈可沉甸甸的。我總覺得，我們這不是決鬥，而是謀殺；我不習慣對手無寸鐵的人開槍。我們重新來過吧，我們還是抽籤決定，看誰先開槍。』我腦袋是天旋地轉……好像，我並沒同意……最後我們還是裝填好一把手槍，並折好兩張紙條。他把紙條丟進當年被我一槍打穿的軍帽裡，我抓到的又是一號。『你啊，伯爵，真是惡魔般地好運。』他說著，那一臉譏笑，讓我永遠無法忘懷。我真不懂，當時我是怎麼搞的，他又是如何讓我就範的……無論如何——我還是開槍了，並且一槍擊中那幅圖畫。（伯爵手指著那幅被子彈射穿的圖畫；他滿臉發燒，像一團火；伯爵夫人一臉蒼白，更勝手絹；我則不禁發出驚呼。）

「我開槍了。」伯爵接著說道，「感謝上帝，這槍落空。這時西爾維奧……（這一刻的他，說真的，非常恐怖）西爾維奧拿起槍瞄準我。突然，門打了開來，瑪莎跑了進來，並尖叫一聲，撲過來把我摟住。她一來就讓我恢復勇氣。『親愛的，』我對她說道，『莫非妳沒看出來，我們是鬧著玩的？妳怎麼嚇成這個樣子！去喝杯水，再過來我們這兒。我要給妳介紹這位老朋友和同事。』瑪莎還是不相信。『您說說，我丈夫說的可是真的？』瑪莎轉向可怕的西爾維奧說道，『你們真是鬧著玩嗎？』『他老是愛鬧著玩，夫人，』西爾維奧回答她，『有回他鬧著玩，賞了我一記耳光，再鬧著玩，把我這頂軍帽一槍打穿，這下子又鬧著玩，賞了我一槍，卻沒打著；現在我也想要鬧著玩玩……』說著說著，他一副要舉槍對我瞄準的樣子……就在她眼前！瑪莎撲到他腳下。『站起來，瑪莎，這太丟臉了！』我急瘋了，大聲叫道，『大爺您啊，就不要玩弄這樣一個可憐的婦道人家，好嗎？您到底開不開槍啊？』『我不開槍了。』西爾維奧答道，『我滿意了。我見識到你的慌亂，你的怯弱；我迫使你對我開了一槍，這我已心滿意足了。你將對我永難忘懷。我就把你交由你的良心裁判吧。』這時他已經要走了出去，但在門口卻又停下腳步，回頭看一眼被我打穿的那幅圖畫，幾乎沒瞄準就往它開了一槍，然後消失在門口。我妻子暈厥在地；大家都不敢攔住他，只驚恐地望著他；我還來不及回神，他就走到門階，呼喚一聲馬車夫，便登上馬車揚長而去。」

伯爵沉默了下來。這故事的開頭一度讓我驚奇不已，如此這般我又得知故事的結局。此後，與故事的主人翁我再也不曾見面。有人說，在亞歷山大．伊普西蘭蒂[11]起義時，西爾維奧領導過一支希臘民族獨立運動部隊，並於斯庫列尼[12]戰役中陣亡。

---

11 亞歷山大．伊普西蘭蒂（Александр Ипсиланти, 1792–1828），希臘獨立運動領袖之一。他曾擔任俄國沙皇亞歷山大一世的武官，並於一八二一年三月來到摩達維亞，率領希臘民族獨立運動部隊與鄂圖曼帝國部隊作戰，但遭擊潰。

12 斯庫列尼（Скуляны），位於摩達維亞，接近羅馬尼亞邊界。

暴風雪

飛馬奔，過山岡，
馬蹄達達雪深深……
猛抬頭——
道路旁，
只見神廟孤零零。
……
乍然間——
風暴起，
滿山遍野雪紛紛；
雪橇上，烏鴉飛，
振翅盤旋聲嗖嗖，

哀鳴凶兆音淒淒！
鬃毛立，馬急急，
驚然遠眺黑漆漆……

——茹科夫斯基[1]

暴 風 雪

於一八一一年底，一個值得我們紀念的年代，[2]善良的加夫里拉·加夫里洛維奇居住於自己位於涅納拉多沃村的莊園。他的殷勤好客在當地相當知名。鄰居們不時登門吃吃喝喝，陪他太太打打波士頓牌，[3]每局五戈比，[4]不過，也有人是為了要看看他們的女兒——瑪麗亞·加夫里洛芙娜，一位亭亭玉立、面色白淨的十七歲閨女。在很多人眼中，如此待字閨中的富家女，自然是迎娶進門的好對象，不是為自己，就是為兒子。

瑪麗亞·加夫里洛芙娜受到法國小說薰陶，於是，理所當然地，她陷入了愛河。她青睞的對象是一位回鄉度假的貧窮陸軍准尉。[5]年輕人對她同樣是熱情如火，這自不在話下，不過，女方父母看出男女雙方的綿綿情意，於是不許他們交往，要閨女對這年輕人想都甭想。這位年輕人在他們家所受的待遇簡直比退休的陪審員都還不如。

我們這對戀人於是靠著書信互通款曲，並且每天偷偷會面於松林裡或是老教堂邊。在那兒他們彼此海誓山盟，悲歎命運弄人，並盤算種種主意。如此這般他們或是魚雁往返，或是喁喁私語，於是他們（這是再自然不過的）獲致以下結論：

既然我倆失去對方，彼此都無法呼吸，而父母卻是這樣鐵石心腸，阻礙我們的幸福，難不成我們非得依賴他們的意志過活不行？

當然這個幸福的念頭先是浮現在少年郎心頭，但對充滿浪漫情懷的瑪麗亞．加夫里洛芙娜也是正中下懷。

寒冬降臨，也打斷了他們的約會；但彼此魚雁往返更為熱絡。弗拉基米爾．尼古拉維奇於每封信中都央求瑪麗亞．加夫里洛芙娜委身於他，兩人偷偷成婚，躲藏若干時日，然後再投身雙親腳下，於是，想當然爾，雙親終將為小倆口如此堅貞不渝、而又艱辛多難的愛情所感動，必定會對他們說道：「孩子們！回到我們的懷抱吧！」

瑪麗亞．加夫里洛芙娜猶豫許久，多少次計畫私奔，卻又被她推翻。後來她終於首肯，在兩人說好的日子，她將藉口頭疼，不用晚餐，就躲回自己房間。她的侍女也參與這項計謀；兩人必須經由後門台階走到花園，花園外早已備妥雪橇，她們登上雪橇，駛出涅納拉多沃村，

1 茹科夫斯基（Василий Андреевич Жуковский, 1789–1852），俄國浪漫主義詩人。本段詩句引自茹科夫斯基的抒情敘事詩《斯維特蘭娜》（Светлана, 1813）。

2 此處指一八一一年底是「一個值得我們紀念的年代」，因為接著的一八一二年爆發俄法戰爭，法國皇帝拿破崙率領大軍入侵俄國，並一度佔領莫斯科，最後卻大敗撤軍。這項戰爭是俄國與歐洲史上的重要戰役之一。本文的情節也與這場戰爭有密切關係。

3 一種撲克牌遊戲，同時四人打牌。

4 戈比是俄國錢幣最小單位，一百戈比等於一盧布。

5 准尉是當時俄國陸軍的一個軍階，是最低級的軍官階層。

走上五俄里路，便會來到扎德里諾村，再直奔教堂，到時弗拉基米爾將在此處等候她們。

在決定命運的日子前夕，瑪麗亞．加夫里洛芙娜徹夜難眠。她收拾行裝，打包衣裳，寫了一封洋洋灑灑的信給自己的閨中密友——一位多愁善感的小姐，另有一封信給自己的雙親。她與父母告別，用字遣詞感人肺腑，她也為自己的不軌之舉解說一番，只怪自己感情一發不可收拾；在信的結尾她又寫道，有朝一日她若蒙允許拜倒在至愛至親的爹娘腳下，她將視為是此生最幸福的一刻。兩封信她都用圖拉印章[6]印封，印章上還畫著兩顆燃燒的心，並附上一句優美的題詞。之後，便臥倒在床，此時天將放亮，她在迷迷糊糊中睡去，卻又不時在惡夢中驚醒。一下夢到她才登上雪橇要去結婚，父親卻已攔住她，並迅雷不及掩耳地將她拖行在雪地上，再把她拋入一片黑暗、深不見底的地洞……她快速往下飛落，一顆心不知怎地竟停頓了；一下又看到，弗拉基米爾倒臥在草地上，面色慘白，滿身鮮血。弗拉基米爾雖已奄奄一息，仍以悲戚的聲音苦苦哀求她，趕快跟他成婚……還有其他怪誕的、毫無道理的幻象，一個接一個在她眼前閃過。她終於起身，臉色比平常蒼白，並且這次頭疼不再是裝出來的。父親和母親都看出她的焦躁不安，於是對她又關心，又體貼，不停地問道：「妳怎麼啦，瑪麗亞？妳該不會生病了吧，瑪麗亞？」這一切讓她心都碎了。她努力地安撫雙親，想裝出一副快樂的模樣，卻又裝不來。黃昏降臨。一想到這是她待在家裡的最後一天，心中不禁一陣酸楚。她顯得無精打采，暗暗和家中所有的人道別，以及身邊所有的一切。

晚餐端上，她的心開始激烈地怦然跳動。她顫聲說道，她吃不下飯，要父母原諒她先行離席。父母親吻了她，並一如往常地祝福她，她差點就哭了出來。回到房間，她一股腦兒地投身在沙發，淚水狂飆而出。侍女好說歹說地安撫她的情緒，並讓她打起精神。一切準備妥當。再過半個小時，瑪麗亞就要永遠作別爹娘的家門，作別自己的閨房，作別寧靜的少女生涯……戶外刮著暴風雪，風聲蕭蕭，窗板搖搖晃晃，劈劈啪啪作響。一切對她而言都是如此森然恐怖，似乎是不祥之兆。很快，家裡一切便陷入沉睡，四下無聲。瑪麗亞裹上披肩，穿上溫暖的大衣，提起首飾盒，來到後門台階。侍女緊跟身後，手提著兩個包袱。她們走下臺階，來到花園。風雪未曾停息，狂風迎面刮來，彷彿在阻攔這位年輕女孩犯下不軌之舉。她們費好大的勁才走到花園盡頭。路上已有一輛雪橇在等候著她們。馬兒都凍得不住踢動蹄子，弗拉基米爾的馬車夫在車轅前走來走去，不時拉住躁動不安的馬兒。他將小姐和侍女扶上雪橇，擺好包袱與首飾盒，抓起韁繩，馬兒便飛奔而去。我們這就把小姐交待給命

6 圖拉（Тула），俄羅斯城市，此地鑄造的印章全國知名。

運之神的安排，以及馬車夫杰列什卡的駕車本領，暫且看看我們那位熱戀中的少年郎吧。

這一整天，弗拉基米爾都忙著四處奔走。早上他先來到扎德里諾村找神父，好不容易才和他說好；然後前往鄰近的地主之間尋找證婚人。他第一個找上的是年紀四十歲的退役騎兵少尉德拉文，德拉文欣然同意，並表示這種風流韻事讓他回想起往日時光，以及驃騎兵時代的那些瞎搞胡鬧。他說服了弗拉基米爾留下來吃午飯，並保證說，另外兩個證婚人根本不成問題。果然，午餐剛過，就來了一位臉上留著小鬍子、足蹬著馬刺皮靴的土地測量員，名叫史密特，以及縣警察局長的兒子，一個年約十六歲、剛加入槍騎兵不久的少年。他們不但一口答應弗拉基米爾的請求，甚至發誓就算為他犧牲性命，也在所不辭。弗拉基米爾欣喜若狂地擁抱他們，這才回家作準備。

天色早已昏暗。他對忠實可靠的杰列什卡可是千叮嚀、萬交代，才讓他駕著三頭馬拖拉的雪橇前往涅納拉多沃村；而只叫人給自己備妥一輛小雪撬，套上一匹馬，然後連馬車夫都免了，一個人便直奔扎德里諾村，約莫兩個小時之後，瑪麗亞·加夫里洛芙娜也會到來。這趟路他是再熟悉不過了，路程頂多二十分鐘。

豈知弗拉基米爾才一走出村莊來到原野，便刮起一陣大風，頓時暴風雪大作，他什麼也看不清楚。剎那間道路沒入雪中，四周一切消失在黑暗、昏黃的混沌世界，只見簇簇白色雪花漫天飛舞，天與地連成一片。弗拉基米爾陷入原野之中，他力圖重回大路，卻是白費力氣。馬兒四處瞎闖，不是一下子撞進雪堆，就是一下子跌落深坑；或者有時雪橇翻覆得車底朝天。弗拉基米爾一心只想不要迷失方向，哪知感覺已過大半個小時，卻還未走到扎德里諾村的樹林。約莫再過了十來分鐘，還是不見那一片林子。此時弗拉基米爾走在溝渠縱橫的原野，風雪未見稍歇，天空一片朦朧。馬兒已漸疲乏，儘管他時不時陷入深及腰際的雪中，他卻汗如雨下。

終於他看出方向不對。弗拉基米爾於是停了下來，開始思索、回想、推敲——最後斷定，應該往右方路走。他取道向右。這時馬兒舉步維艱。他在路上已走了一個多小時。扎德里諾村應當不遠了。豈知，他走啊，走啊，原野卻不見盡頭。滿眼盡是雪堆與坑窪。雪橇不時翻覆，他也不時將雪橇再翻起。時間不斷流逝，弗拉基米爾開始大感心慌。

終於，見到路一邊有什麼黑壓壓的一片。弗拉基米爾轉向那兒奔去，走近一瞧，原來是一片樹林。感謝上帝，他心想，現在就要到了。他挨著林邊走去，希望馬上就能走回熟悉的大路，或者繞過樹林，樹林後面馬上就是扎德里諾村。很快他摸到大路，驅馬走在幽暗的林木間，冬寒肆虐後的枝椏是光禿禿的。風在這兒已不再猖狂，路是一片平坦，馬跑起來特別帶勁，弗拉基米爾也安心了。

可是他走啊，走啊，卻不見扎德里諾村，樹林仍是無止盡。弗拉基米爾極目張望，心中一陣驚恐，原來他走進的是陌生的樹林。他心中感到絕望，便使勁抽打馬兒。可憐的牲口才剛開始全力奔馳，卻又很快將力氣放盡了，一刻鐘過後，已是一步挨著一步走著，苦命的弗拉基米爾再如何奮力一搏也都枉然。

漸漸越走，林木越見稀疏，於是，弗拉基米爾穿出樹林，卻不見扎德里諾村。該是午夜時刻了。淚水不禁奪眶而出。他驅馬瞎闖。這時，風雪已歇，烏雲散去，眼前一片平原，平原上鋪著波浪起伏的白色地毯。夜色明朗。他見到不遠處有一個小村子，才不過四、五戶人家。弗拉基米爾朝村子奔去。來到第一戶農舍，他跳下雪橇，跑到窗前便敲了敲。幾分鐘過後，木製窗板掀了起來，一個老頭兒探出他的白鬍子。「啥事？」「扎德里諾村離這兒遠嗎？」「扎德里諾村遠不遠，是嗎？」「沒錯，沒錯！遠不遠呢？」「不遠呢，十來俄里唄。」聽到這回答，弗拉基米爾一把扯住自己頭髮，一動也不動，宛如被判死刑。

「你打啥地方來的？」老頭兒接著問道。弗拉基米爾無心答話。「老人家，可否給我弄幾匹馬，把我送到扎德里諾村？」弗拉基米爾問。「咱們這兒哪來的馬？」這位莊稼人答道。「那我能否找個人帶路？錢我付，他要多少都行。」「等會兒，咱叫兒子去，他給你帶路，」老頭兒說著，並放下窗板。弗拉基米爾等了起來。一分鐘不到，他又敲起窗板。窗板掀開，白鬍子又出現。「啥事？」「你兒子怎樣了？」「這就出來啦，正穿鞋呢。怎麼著，你凍壞了？進來烤個火唄！」「謝謝，叫你兒子快出來吧。」

大門吱的一聲，走出一個漢子，手拿著木棒，逕自往前走去，一會兒指東指西，一會兒在四處雪堆中找路。「什麼時候了？」弗拉基米爾問。「很快就天亮啦。」年輕漢子答道。弗拉基米爾連一句話都說不出了。

直到雞啼處處，天色大亮，這時他們才來到扎德里諾村。教堂大門深鎖。弗拉基米爾付了錢給帶路人，便到院子找神父。院子裡已不見他那三馬雪橇。這還會有什麼好消息等待他呀！

不過，我們還是再回到涅納拉多沃村那兒善良的地主一家吧，瞧瞧他們有什麼事發生。

竟是安然無事。

老倆口一覺醒來，就出到客廳。加夫里拉·加夫里洛維奇頭戴尖頂睡帽，身穿厚絨短襖；夫人普拉絲柯維雅·彼得洛芙娜穿著棉布睡袍。茶飲端上，加夫里拉·加夫里洛維奇便叫一名小丫頭去問問瑪麗亞·加夫里洛芙娜，看她身體可好，夜裡睡得如何。小丫頭回來稟報，小姐說睡得不好，不過現在好些了，馬上就來客廳。果真，門打了開來，瑪麗亞·加夫里洛芙娜走上前來向親愛的爹娘請安。

「頭痛好些了嗎，瑪麗亞？」加夫里拉·加夫里洛維奇問道。「好些了，爹！」瑪麗亞答道。「瑪麗亞，想必妳是昨天瓦斯中毒了。」普拉絲柯維雅·彼得洛芙娜說道。「大概是吧，娘！」瑪麗亞回答。

白天平平安安過去，但是到了夜裡，瑪麗亞就生病了。地主一家派人到城裡請大夫。他來到時是第二天傍晚，這時病人已在胡言亂語。她害的是嚴重的熱病。可憐的病人有兩週的時間都掙扎在生死邊緣。

有關私奔未遂一事，家裡都沒人知道。她私奔前夕寫的那兩封信已燒毀；她身邊的侍女深怕老爺與夫人生氣，對誰也沒漏口風。神父、退役騎兵少尉、小鬍子土地測量員，以及小槍騎兵，都很小心謹慎，也沒必要說出。馬車夫杰列什卡更是從不多嘴，就算喝醉酒時也是如此。就這樣，祕密竟然讓超過半打的共謀者保守住了。豈知，瑪麗亞·加夫里洛芙娜本人不停地胡言囈語，倒是洩漏了自己的祕密。不過，她的話說得沒頭沒腦的，讓守在床頭寸步不離的母親理解為，女兒痴心地愛上弗拉基米爾，想必愛情就是她患病的原因吧。她於是和丈夫，以及幾位鄰居商量，最後大家獲得一致意見：看來，瑪麗亞．加夫里洛芙娜命該如此；姻緣天註定，你想逃都逃不掉；貧窮不是罪惡；不是和財富過日子，而是和人過日子等等。在我們對自己的行為想不出什麼可以自圓其說時，這些具道德意味的俗語可就特別派得上用場。

這時小姐病情漸漸好轉。加夫里拉．加夫里洛維奇家中卻很久不見弗拉基米爾上門。老是受到冷落，已讓他嚇壞了。於是老夫妻決定派人去找他，並向他宣佈這項意外的喜訊，也就是他們同意這樁婚事。但是，結果卻讓涅納拉多沃村這對地主夫妻錯愕不已，答覆他們盛情的竟是一封半似瘋顛的回信！弗拉基米爾表示，他的腳將不再踏進他們家門，請他們忘記他這位不幸的人，這時他唯一的心願就是一死了之。幾天過後，他們獲知弗拉基米爾回到部隊去了。這是一八一二年的事。

有關此事家裡很久都不敢告訴尚未完全康復的瑪麗亞。她對弗拉基米爾從來也是隻字不提。數月之後，瑪麗亞在博羅季諾戰役[7]立功並重傷者名單中發現他的名字，一度昏厥過去，家人本來擔心她的熱病又要復發，不過，感謝上帝，昏厥過後就沒事了。

豈知，另一樁傷心事又降臨在瑪麗亞身上：加夫里拉．加夫里洛維奇過世了，讓她繼承

———

7　一八一二年九月七日，拿破崙所率領的法軍在俄國的博羅季諾（Бородино）地區，大敗俄軍，打開通往莫斯科之路。

了全部家產。但是這份遺產未能撫慰她的心靈，她真真切切地分擔可憐母親的憂傷，並發誓永不離母親而去。於是母女倆搬離涅納拉多沃村，這個讓她們睹物傷情的地方，遷居到另一個地方的莊園。

來到這兒，這位可愛多金、待字閨中的小姐又被追求者包圍。不過，誰都未能獲得她一絲絲的青睞。母親有時會勸勸她，何妨給自己物色個情郎，瑪麗亞·加夫里洛芙娜總是搖搖頭，便陷入沉思。弗拉基米爾已不在人世，他在法軍入城的前夜死於莫斯科。對瑪麗亞而言，弗拉基米爾是她的神聖回憶；至少，她珍藏著能讓她睹物思人的一切，包括：他讀過的書籍、他畫的圖畫、他為她抄寫的樂譜與詩歌。附近的人得知這一切，不免驚嘆她那堅貞不移的愛情，但也好奇地拭目以待，何方英雄最後將能征服這位貞潔的亞緹米絲[8]那顆傷感而守節的心。

這時，戰爭光榮結束。我們的軍隊從國外凱旋歸來，百姓紛紛奔走相迎。樂隊演奏著俄軍征服擄獲的歌曲：Vive Henri-Quatre[9]、提洛爾華爾滋[10]，以及《喬孔達》[11]中的幾段抒情調。那些軍官當年從軍時還是少年郎，歷經戰爭的磨練，如今歸來已長成健壯的漢子，個個胸前掛滿了十字勳章。士兵們彼此愉快閒聊，言談間不時夾雜著德文與法文的用詞用語。這一刻真是讓人難以忘懷！這是光榮、歡欣的時刻！只要提到「祖國」這一詞眼，俄羅斯人的心都是如此猛烈狂跳！久別重逢的眼淚又是如此甜美！對人民的驕傲與對沙皇的愛戴，大家又是如此同心一志地把它們連結一氣！對沙皇而言，這是多美妙的時刻啊！

當時，我們的女性，我們俄羅斯的女性，簡直是美得不能再美了。她們平日冷落冰霜的容顏消失得無影無蹤。她們歡迎勝利者歸來，高聲吶喊著：「萬歲！」她們那種欣喜若狂的樣子真是讓人心醉神迷。

8 亞緹米絲，俄文為Артемиза，英文為Artemis或Artemisia，為古希臘神話中的月亮神，與太陽神阿波羅（Apollo）是孿生姐弟，她是希臘神話中三位處女神之一，又是狩獵之神與婦女之神，是女性貞潔的化身。有關亞緹米絲，還有另一傳說：她是西元前四世紀波斯帝國轄下位於哈利卡納蘇斯（Halicarnassus，即現在土耳其的博德魯姆）地區的總督太太，她為悼念已故丈夫——摩索拉斯（Mausolus），為他建立一座宏偉陵墓；這座摩索拉斯陵墓（The Mausoleum at Halicarnassus）後來被視為古代世界七大奇景之一。

9 法文，意為「亨利四世萬歲」。歌詞取材自科勒（Колле）的喜劇《亨利四世打獵去》（Выезд на охоту Генриха IV, 1774）。拿破崙戰敗後波旁王朝復辟的最初幾年，這首歌在法國非常流行，因為它歌頌的是法國波旁王朝的創立者。拿破崙戰敗，俄國軍隊於一八一四年至一八一五年間進駐法國，因此俄國軍人學會這首歌曲。

10 提洛爾，俄文為Тироль，英文為Tyrol，是奧地利的一省，位於奧國西部與義大利邊界的阿爾卑斯山脈地區。另外，現在聞名世界的華爾茲舞曲（又名圓舞曲）源自於奧地利的「維也納華爾茲」（Vienna waltz）。據說，「維也納華爾茲」又源自於「提洛爾華爾茲」（Tyrolean waltz）。於一八一四年九月十八日至一八一五年六月九日間，歐洲列強代表聚會維也納，舉行「維也納會議」，商討拿破崙戰爭後歐洲之政治地圖。這段期間，戰勝國之一的俄國代表團也學會提洛爾華爾茲舞曲。

11 《喬孔達》全稱為《喬孔達，或探險家》（Жоконд, или Искатель приключений），是法國作曲家尼古洛．伊朱阿爾（Николо Изуар）的喜劇歌劇，於一八一四年在巴黎演出，廣受喜愛。此時正值俄軍進駐巴黎期間。

就連花頭巾都拋到半空中[12]。

當時的軍官哪一個不承認，俄羅斯女性是他們最美好、最珍貴的獎勵……？

在這光輝燦爛的日子，瑪麗亞．加夫里洛芙娜和母親住在外省，未能目睹兩大京城[13]慶祝大軍凱旋歸來的盛況。不過，在縣城與鄉村，人們歡欣之情或許更為熱烈。軍官出現在這些地方，才是真正的風光得意。只要有軍官在場，就連穿著燕尾服的情郎都得退讓三分。

我們已經說過，儘管瑪麗亞．加夫里洛芙娜冷若冰霜，她始終被追求者包圍。但是，當負傷的驃騎兵上校布爾明出現在瑪麗亞家中時，眾多的追求者便都該知難而退了。布爾明胸前鈕扣上掛著聖喬治十字勳章，並如當地小姐們所言，面露迷人的蒼白。他約莫二十六歲。他回到自己的領地休假，他的領地剛好位於瑪麗亞．加夫里洛芙娜村莊的隔壁。瑪麗亞．加夫里洛芙娜對他可是另眼相看。只要有他在場，瑪麗亞就不會像平日那樣若有所思，而顯得格外活潑。說她在對布爾明眉目傳情，還談不上；但是，哪個詩人留意到她的舉止，準要說：

Se amor non è che dunque？[14]

布爾明確實是個非常討人喜歡的年輕人。他恰好擁有那種能贏得女性歡心的智慧：他彬彬有禮，又善於察言觀色，他一無所求，卻又帶著一股啥事都滿不在乎的揶揄。他與瑪麗亞·加夫里洛芙娜的交往顯得灑脫、自在；但無論瑪麗亞說些什麼或做些什麼，他的心思與眼神總是與瑪麗亞長相左右。他個性看似沉靜、穩重，但傳聞又言之鑿鑿，說他曾幾何時還是一個浪蕩不羈的花花公子。不過，這並未損害瑪麗亞·加夫里洛芙娜對他的評價，她和所有年輕女士一樣，很樂意原諒調皮的行為，因為這正表現出勇敢與熱情的個性。

然而，除了這一切——除了他的溫柔、除了愉快的談話、除了迷人的蒼白、除了緊纏繃帶的手臂——年輕驃騎軍官對自己的心跡諱莫如深，這最能勾起她的好奇與遐思。瑪麗亞不

12 本句引用自格里鮑耶陀夫（А. С. Грибоедов, 1795–1829）的喜劇名著《聰明誤》（Горе от ума）。本部作品的創作始於一八二二年，以後幾年，作者多次在莫斯科與彼得堡的文藝沙龍中朗誦其中的片段，期間作者幾次修改作品的內容與名稱，再加上當時文字檢查制度的干擾，在作者過世前本作品一直未能正式出版，但手抄本已在知識界廣為流傳。因此，普希金在創作《別爾金小說集》時（一八三〇年）已閱讀過《聰明誤》。後來，直至一八三一年，《聰明誤》才正式搬上舞台，同年並以德文正式出版；俄文版首次正式問世則是在一八三三年。

13 莫斯科與彼得堡。

14 義大利文，表示「如果這不是愛情，又是什麼？」。本句話出自義大利文藝復興時期詩人佩脫拉克（Francesco Petrarca, 1304–1374）的十四行詩作品《瑪丹娜·蘿拉的生命》。

得不承認，布爾明對她很有好感，不用說，以布爾明的聰明與經驗，想必已察覺她對布爾明也是另眼相看；但是，何以至今她還未見到布爾明拜倒在自己腳下？何以還未聽到他對自己的真情告白？什麼事讓他裹足不前？這是真愛而生膽怯？還是心高氣傲？還是情場老手欲擒故縱的挑逗？這對瑪麗亞來說簡直是一團謎。瑪麗亞左思右想之後斷定，膽怯是唯一的理由，於是決定鼓勵一下布爾明，方法是給他更多的關懷，甚至視情況，再加上一些柔情。她設想著一個最讓人意外的結局，並迫不及待地等待著浪漫告白的一刻。祕密，無論是哪一類的，總是讓女人心煎熬難耐。她的戰略行動獲得預期的成功，至少布爾明陷入沉思，他那烏黑的雙眼燃燒著熱火，不時落在瑪麗亞·加夫里洛芙娜身上，似乎，關鍵的一刻迫在眉睫。左鄰右舍都在談論他們的婚姻大事，好像一切都已成定局。善良的普拉絲柯維雅·彼得洛芙娜心中也大樂，自己的閨女終於找到足堪匹配的如意郎君。

這一天，老太太一個人坐在客廳，正攤開紙牌算命，布爾明走進屋裡，馬上就問起瑪麗亞·加夫里洛芙娜。「她在花園，」老太太答道，「找她去吧，我在這兒等你們。」布爾明離去，老太太在胸前畫了畫十字，心中暗想：但願今日好事會成定局！

布爾明在池塘邊的柳樹下，找到瑪麗亞·加夫里洛芙娜；她手拿一本書，身穿一襲白色長衫，簡直就是小說中的女主角。閒話幾句之後，瑪麗亞．加夫里洛芙娜故意不再多談，如此一來，讓彼此更顯尷尬，這時只有下定決心，來個突如其來的真情告白才能擺脫尷尬。故事就這樣發生：布爾明感到情勢窘困，於是說道，他一直有意找機會向瑪麗亞吐露心跡，並請求她費心聽他表白。瑪麗亞．加夫里洛芙娜闔上書本，垂下雙眼，表示同意。

「我愛您，」布爾明說道，「我狂熱地愛著您……」（瑪麗亞．加夫里洛芙娜兩頰泛紅，頭垂得更低。）「我行為不慎，讓自己沉湎於甜美的習慣，習慣每天都要看看您的樣子，聽聽您說話……」（瑪麗亞．加夫里洛芙娜想起了聖．普樂[15]的第一封情書。）「現在要違抗我的命運，已經太遲了。對您的回憶，您那美麗、脫俗的容顏，今後將會是我生命中的苦痛與喜悅。但是，我還有一項沉重的義務未了，必須向您揭露一項可怕的祕密，並在我倆之間設下一道不可逾越的障礙……」「障礙始終都存在的，」瑪麗亞．加夫里洛芙娜連忙打岔，「我一直都未能成為您的妻子……」「我知道，」布爾明輕聲答道，「我知道，您曾經愛過，但逝者已矣，又經過三年的悼念……善良、親愛的瑪麗亞．加夫里洛芙娜！可別剝奪我最後的慰藉——也就是，那絲奢望，奢望您本來會同意成就我的幸福，要不是……別說，看在上

15 聖．普樂（St. Preux）是法國十八世紀啟蒙運動思想家暨作家盧梭（Jean Jacques Rousseau, 1712–1778）的長篇小說《新愛洛綺絲》中的男主角。

帝分上，千萬別說。您把我撕裂了。不錯，我知道，我也感覺到，您本來是我的，但是——我是最不幸的人……我結過婚了！」

瑪麗亞·加夫里洛芙娜大吃一驚，看了他一眼。

「我結過婚了，」布爾明接著說道，「這是我結婚的第四個年頭了，卻不知道，我的妻子是何許人，她身在何處，我們何年何日會不會再見面！」

「您說什麼呀？」瑪麗亞·加夫里洛芙娜驚聲叫道，「這可奇了！您繼續說吧，我待會兒再說……您就繼續說，請吧！」

「這是一八一二年初，」布爾明說道，「我正趕往維爾納[16]，我們部隊就駐紮在那兒。有一天我來到驛站，天色已晚。我本已吩咐儘快備馬，豈知突然刮起可怕的大風雪，於是驛站長與馬車夫都勸我不妨等等再走。我聽從他們的意見，但是我沒來由地感到焦躁不安，好像有誰在推著我般。這時暴風雪未見稍息，我按捺不住，於是再度吩咐備馬，便頂著暴風雪上路。馬車夫一時心血來潮，走到河道，這樣可以給我們縮短三個俄里的路程。沿河兩岸都已被冰雪覆蓋，在該跑上大路的地方，馬車夫卻給錯過了。如此一來，我們便身陷陌生的地方。暴風雪仍未停息，我看到有燈火，於是吩咐往燈火奔去。我們來到一個村子，燈火處是一座木造教堂。教堂大門敞開，圍牆外停著幾輛雪橇，教堂門前台階有幾個人走動著。『往這兒！往這兒！』幾個聲音吶喊著。我叫車夫把雪橇趕過去。『行行好吧，你磨蹭到哪兒去了？』有人衝著我說道，『新娘不醒人事了，神父也不知該如何是好，我們都準備打道回府了。快下來吧！』我默默跳下雪橇，走進教堂，教堂裡點著兩、三隻蠟燭，光線微弱。教堂黑暗角落的長凳上坐著一位少女，另有一位姑娘正給她揉搓太陽穴。『感謝上帝，』姑娘說，『您總算趕到。您差點沒把小姐急死。』一位年邁的神父走到我跟前問道：『您要開始了嗎？』『開始吧，開始吧，神父。』我隨口答道。有人把小姐攙扶起來。我覺得她長得還不錯……這種輕佻之舉真是莫名其妙，也真是不可原諒……我就和她並排立於讀經台前，神父一陣忙碌；三個男子與一個侍女攙扶著新娘，一心一意只在照料她。我們完成結婚儀式。『新郎、新娘親吻。』我們聽人說道。我的妻子向我轉過她那張蒼白的臉。我正想親吻她……她大叫起來：『哎呀，不是他！不是他！』——就昏倒過去。證婚人都盯著我看，眼中充滿驚恐。我轉身便走出教堂，一路暢行無阻，跳上雪橇，吆喝一聲：『走！』」

16 莫即今天立陶宛首都——維爾紐斯。

「我的上帝！」瑪麗亞．加夫里洛芙娜叫了起來，「那您不知道您那可憐的妻子後來怎樣了？」

「不知道，」布爾明答道，「我不知道我行結婚大禮的那個村子叫什麼名字；也記不得從哪個驛站去的。這種胡鬧是犯罪的，但是，那時我卻沒把它當作一回事，因此，我一出教堂，倒頭便睡，醒過來時已是第二天早上。當時跟著我的那位聽差後來死於軍旅中，所以，被我如此殘酷作弄、而今又如此殘酷回報於我的那位小姐，我再也沒有希望找到了。」

「我的上帝呀，我的上帝！」瑪麗亞．加夫里洛芙娜一把抓起他的手，說道，「原來這就是您哪！難道您認不出我來嗎？」

暴 風 雪

棺材匠

天荒地老現白頭，
吾人豈非日日見棺槨？

——杰爾查文[1]

布爾明臉色發白……便撲倒在她腳下。

棺材匠阿得里揚·普羅霍羅夫將最後一批家當都搬上殯葬車，兩匹瘦馬已是第四回把車從巴斯曼街拖往尼基塔街，棺材匠全家就是搬到那兒去。他鎖好店門，在門上釘上廣告牌，表示房子出售或出租，便往新居踱步而去。這棟黃色小房子一直以來都讓他魂牽夢縈，終於也讓他花費了一筆可觀的款項購買到手。可是很奇怪，老棺材匠內心竟然沒有快樂的感覺。跨過門檻，發現新居一片混亂，他不禁懷念起那破舊的小屋，他在那兒住了十八年，一切都打理得井然有序。他開始罵起兩個女兒和女僕，怪她們做事磨磨蹭蹭的，於是他自己也動手幫忙。不一會兒，新居便整理妥當。神龕與聖像、櫥子與餐具、桌子、沙發、床鋪，都擺到後室，各就其位。廚房與客廳裡擺放著老闆的產品——大大小小不同顏色、不同尺寸的棺材，還有幾個櫃子，裝著喪帽、喪服與火炬。門口上方懸掛一塊招牌，上面畫著身子胖胖的愛神，手中倒持一把火炬，招牌上還寫著：「本店出售及釘製白坯與上漆棺木，並出租與修理舊棺木。」女孩們都已回到房裡去了。阿得里揚把家裡巡視一周，便落座窗邊，並吩咐燒茶。

學富五車的讀者便知道，莎士比亞[2]與華特·史考特[3]都把掘墓人描繪成既快樂又風趣的人物，他們運用這種與事實相對立的手法，為的是要更強烈地刺激我們的想像。但基於對事實的尊重，我們不能效法他們，也不能不承認，我們這位棺材匠的的性格完全符合他那憂鬱的行業。阿得里揚．普羅霍羅夫平日總是愁眉苦臉，心事重重。有時候讓他撞見女兒無所事事，卻一股勁往窗外閒瞧過路的人，他就得數落她們幾句，或者他得向家有不幸（有時卻是有幸）而需要他產品的人士哄抬價格，大概只有這些時候，他才會打破沉默，開口說話。如此這般，這時阿得里揚．普羅霍羅夫枯坐窗口，正喝著第七杯茶，像往日一樣，陷入一片憂愁的思緒之中。他想著一周前安葬退休准將時在城門關卡遇到的那場傾盆大雨。這場大雨讓很多喪服縮水，很多喪帽變形。他預見，勢必會有一筆開銷，因為他老早儲備的喪葬服裝已所剩不多。他指望靠著年邁的女商人特留欣娜來彌補損失，特留欣娜奄奄一息約有一年了。可是，她卻臥病在拉茲古里，阿得里揚擔心，她的繼承人會違反承諾，懶得叫人跑大老遠來找他，而逕

1 本篇小說開頭短詩取材自杰爾查文的詩歌《瀑布》（Водопад, 1794）。杰爾查文（Гаврила Романович Державин, 1743–1816），十八世紀俄國著名詩人，被視為古典主義文學代表人物。

2 莎士比亞（William Shakespeare, 1564–1616），英格蘭人，世界聞名的詩人與劇作家，他的《羅密歐與朱麗葉》（Romeo and Juliet）、《哈姆雷特》（Hamlet, 1599）、《李爾王》（King Lear）等都是膾炙人口的悲劇作品。其中，《哈姆雷特》第五幕中描寫到掘墓人。

3 華特．史考特（Walter Scott, 1771–1832）是蘇格蘭著名詩人和歷史小說家，他的代表作有小說《威弗利》（Waverley）、《劫後英雄傳》（Ivanhoe）等。另外，他的小說《拉美爾穆爾的新娘》（The Bride of Lammermoor, 1818）第十六章中出現掘墓人。

自與當地承包商談妥這筆交易。

他的思緒突然被三聲共濟會[4]式的叩門打斷。「誰呀？」棺材匠問道。門打了開來，走進來一個人，一眼就可看出，是個德國手工藝匠，他春風滿面地走到棺材匠跟前。「抱歉，親愛的鄰居，」他說的一口俄語，讓人到了今天聽了都會忍不住發笑，「抱歉，打擾您了……我是希望能快點跟您認識。我是鞋匠，名叫戈特里普．舒爾茨，住在您的對街，就是對著您家窗口的那間小房子。明日我要慶祝銀婚，我想請您和您的女兒賞光，到我家吃個午飯。」這項邀請被欣然接受。於是棺材匠請鞋匠坐下喝茶，由於戈特里普．舒爾茨個性開朗，不一會兒，他們就聊得很起勁。「您生意如何啊？」阿得里揚問道。「呵呵，」舒爾茨答道，「馬馬虎虎。沒啥好抱怨的。不過，當然啦，我的貨可不如您的——活人不穿鞋，還可將就將就；死人少了口棺材，那可不成。」「太有道理了，」阿得里揚說道，「可不是嘛，要是活人買不起鞋子，他可光著腳走路；至於窮人死了，還得白白要口棺材呢。」就這樣他們又談了好一陣子。終於，鞋匠起身向棺材匠告辭，並再次邀請棺材匠吃飯。

次日，中午十二時整，棺材匠與他的兩個女兒踏出新居便門，往鄰居家走去。在這種場合，我可不願按照當今小說家的習慣，描寫阿得里揚．普羅霍羅夫的俄式長袍，以及阿庫里娜和達莉亞的歐式裝扮。不過嘛，我認為，不妨一提，這兩個姑娘家都頭戴黃帽，腳穿紅鞋，這可是她們在隆重場合才穿戴的。

鞋匠狹窄的住處擠滿了客人，大都是德國手工藝匠，以及他們的妻子和學徒。屬於俄國官員的只有一位，他是岡警，楚赫納人[5]尤爾科，他雖職位卑微，卻很能獲得主人的另眼相看。他在這一崗位上服務約莫二十五年了，始終是忠心耿耿的，就像波戈列利斯基筆下的那個郵差[6]。一八一二年的大火燒毀俄羅斯古都，也把尤爾科的黃色崗哨化為灰燼。不過，在驅逐敵人之後，隨即在原地出現一個陶立克式[7]白色圓柱的灰色新崗哨，尤爾科又手持板斧，身穿粗

4 共濟會（Freemasonry），又稱美生會（Masonry），是世界最大的國際性祕密組織，最早是在一七一七年成立於英國倫敦，以後擴展至歐美各國，宣揚「自由、平等、博愛」的理想，但曾於十八世紀末參與法國大革命，於十九世紀參與義大利統一戰爭，因此被當時君權國家政府所戒慎恐懼，而成為祕密組織。

5 楚赫納人（чухонец）是沙俄時期對居住於彼得堡郊區的芬蘭人的稱謂。

6 波戈列利斯基（Антоний Погорельский, 1787–1836），十九世紀初俄國作家，本名為佩羅夫斯基（Алексей Алексеевич Перовский）。文中所說的波戈列利斯基筆下的郵差，就是波戈列利斯基小說《拉非爾托夫的罌粟果》（Лафертовская маковница, 1825）中的退休郵差奧努夫里奇（Онуфрич）。

7 陶立克是古希臘中部一個地區的名稱。而陶立克柱式（Doric order）是古希臘建築中三種典型形式中最古老的一種，它的樣式沉穩、樸實，大都用於偉大神廟，現今最有名的當屬雅典的帕得嫩神廟（Parthenon）。

呢制服，在四周踱來踱去。家住尼基塔城門附近的德國人大都認識尤爾科，有人甚至有時還在他那兒過夜，從星期天住到星期一。阿得里揚馬上就跟他認識了，因為這個人他遲早會用得著；於是當客人入席時，他們就坐在一起了。舒爾茨夫婦與他們十七歲的女兒洛蒂欣陪著客人用餐，他們一起又是招待客人，又是幫忙廚娘上菜。啤酒源源不絕地倒著。尤爾科吃起來一個人抵得上四個，阿得里揚也不遑多讓，他的兩個女兒則顯得拘謹；德語的交談聲也越來越熱鬧。忽然，主人要求大家注意，他一邊開著用樹脂封住的瓶塞，一邊用俄語大聲說道：「為我的賢妻路易莎的健康乾一杯！」汽酒冒起一陣泡沫。主人溫柔地親了親自己四十歲妻子嬌豔的臉頰，客人也是鬧哄哄地乾杯，敬祝賢慧的路易莎身體健康。「為我親愛的客人的健康乾杯！」主人高呼，一邊開著第二瓶酒。客人紛紛向他表示謝意，再度把一杯酒一飲而盡。於是，大家一個接著一個地開始互祝健康：個別為每一位客人的健康乾杯；為莫斯科與整整一打的德國城鎮乾杯；為所有行業，尤其是為個別行業乾杯；為師傅和學徒的健康乾杯。阿得里揚喝得起勁，喝得興高采烈，也戲謔地向人舉杯祝賀。突然，一位客人，肥胖的麵包師傅，舉起酒杯，高聲喝道：「祝我們所服務的人，unserer Kundleute[8]，身體健康，乾杯！」這項祝詞，跟所有祝詞一樣，受到大家一致地欣然接受。客人開始互相鞠躬致意，裁縫向鞋匠，鞋匠向裁縫，麵包師向他們兩人，大家向麵包師等等。就在大家相互致敬之際，尤爾科面對著自己身旁的棺材匠，大聲喊道：「怎麼樣？老兄，乾杯吧，祝你的死人身體健康吧！」眾人哈哈大笑，棺材匠卻自覺受辱，不禁皺皺眉頭。對此誰也沒注意，客人只顧繼續喝酒。大家起身離席時，教堂已響起晚禱的鐘聲。

客人散去時，天色已晚，大部分的人都有點醉意醺然。胖胖的麵包師傅，以及臉色紅得像上等羊革書皮的裝訂工人，攙扶著尤爾科，把他送回崗哨，在這當下他們還恪守俄羅斯的諺語：欠的債，總歸要還。棺材匠回到家裡，又是醉醺醺，又是氣沖沖。「這簡直是豈有此理，」他高聲地大談闊論，「我的行業有啥不如人家清白的？難道棺材匠就跟劊子手是稱兄道弟的？這些異教徒笑啥？難道棺材匠就是聖誕節的小丑？本想請他們到我新居來，好吃好喝地招待呢，哼，現在可甭想！我寧願邀請我那些主顧，邀請那些東正教的往生者。」「你怎麼啦，我的老爺！」這時幫他脫著鞋的女僕說道，「你瞎說些什麼？還不快畫十字架！要請死人到新居來！那多恐怖！」「說真的，就是要請，」阿得里揚繼續說道，「而且就是明天。請賞光吧，我的各位恩人，明晚在我這兒吃喝一頓吧，我會盡情招待。」話剛說完，棺材匠

8 德文，表示「我們的顧客」。

往床上便倒，隨即鼾聲大作。

阿得里揚被搖醒時，屋外還是一片漆黑。女商人特留欣娜就在這個夜裡過世，她的管家派人騎馬給阿得里揚帶來消息。棺材匠賞了他十戈比銀幣的酒錢，便匆匆穿好衣服，雇了一輛馬車，直奔拉茲古里而去。往生者家門口已站著幾名警察，還有幾個生意人在那兒踱來踱去，就像烏鴉嗅到死屍的味道。往生者躺在床上，一臉蠟黃，但遺體尚未腐爛變形。旁邊擠滿親戚、鄰人，以及家人。所有窗戶都開著，點著不少蠟燭，幾個神父正念著祈禱文。阿得里揚走到特留欣娜的侄子跟前，他是一個年輕的生意人，身穿時尚的禮服。阿得里揚向他說道，棺木、蠟燭、棺罩和其他喪葬用品一應俱全，隨即送到。這位繼承人漫不經心地向他致謝，並表示無意討價還價，一切但憑良心。棺材匠按照慣例，對天發誓，表示一分錢也不會多拿。他心照不宣地和管家交換個眼色，便回家張羅去了。一整天他都在拉茲古里與尼基塔城門之間來回奔走，直到傍晚把一切搞定，才讓馬車夫離去，然後踱步回家。這一夜月色絢爛。棺材匠走到尼基塔城門，一路無事。在耶穌升天教堂邊，一個熟悉的聲音把他叫住，原來是我們的尤爾科，他認出是棺材匠後，便道聲晚安。夜色深深。棺材匠就要到家了，突然間，他似乎看到，有人走到他家門口，推開便門，便消失在門口。「這是怎麼回事？」阿得里揚心想，「又有誰用得著我啦？莫非小偷光顧我家？不會是我兩個傻丫頭的情郎找上門吧？這可說不定！」棺材匠正想要向自己的朋友尤爾科呼叫求援，豈知這時候又有人走向便門，正要入內，可是一見到主人跑來，便站住，並脫下三角帽。阿得里揚覺得此人有點面善，但匆忙之間沒來得及仔細端詳。「歡迎光臨，」阿得里揚氣喘吁吁地說道，「請進吧！」「不用客氣，老兄，」那人答道，聲音低沉，「你就走在前頭，給客人們帶路吧！」阿得里揚可沒功夫客套。門開著的，他登上樓梯，那人跟在身後。阿得里揚覺得，他的幾個房間裡都有人在走動。「搞什麼鬼！」他心裡想著，便匆匆入內……這下子他不禁兩腿發軟。房間滿滿都是往生者。月光穿越窗戶，照射著他們那枯黃和發青的臉、凹陷的嘴、混濁而半閉的眼，以及高聳的鼻……阿得里揚滿心驚恐，認出他們都是由他經手埋葬入土的人們，並認出跟他一起進門的客人就是傾盆大雨時出殯的那位准將。他們每個，有男有女，把棺材匠團團圍住，又是作揖，又是問候；只有一個窮漢子例外，他是不久前才免費下葬的，他因衣衫襤褸感到羞愧，沒走上前來，而謙卑地站在屋角。其他的都穿著講究：女的都戴著包髮帽，並配著緞帶；當官的男的身穿制服，不過沒刮鬍子，至於，做生意的則穿著過年過節的長袍。「你瞧，普羅霍羅夫，」准將代表大夥兒發言，「我們都應你之邀而來；留在家裡的只有那些無能為力的，那些全身完全癱瘓，只剩骨頭，連皮膚都不存的，不過還是有一個忍不住，他實在太想到你家來……」這時，從群眾裡擠出一個小小的骷髏，走到阿得里揚跟前。他的顱骨對棺材匠親切地笑了笑。全身零零碎碎地掛著淡綠色與紅色的呢子，以及破爛的麻布，就像是掛在竿子上似的，而他的腿骨在碩大的長筒皮靴中顫動著，就像是石臼中的石杵。「你認不得我了，普羅霍羅夫，」骷髏說道，「你記得那個退伍的禁衛軍中士彼得．彼得羅維奇．庫里爾金嗎？那個你於一七九九年出售第一口棺材給他的人，你還拿松木的當作橡木賣呢。」死人說著，張開骷髏雙臂，便朝他擁抱——不過，阿得里揚大叫一聲，使勁把他推開。彼得．彼得羅維奇晃動一下，跌落在地，全身摔得粉碎。死者之間傳來一陣憤怒聲，大家為維護同伴尊嚴都挺身而出，對阿得里揚糾纏不休，並發出一片叫罵與威嚇，可憐的主人被他們的叫囂聲吵得震耳欲聾，還被擠壓得半死，於是心神為之大亂，跌倒在退伍禁衛軍中士的骨頭推中，便不醒人事。

太陽早已照射棺材匠臥睡的床鋪。終於，他睜開雙眼，並看到女僕正在燒茶。阿得里揚想到昨夜種種，心有餘悸。特留欣娜、准將、以及庫里爾金中士，依稀浮現在他的腦海。他默不作聲，卻期待女僕開口跟他說話，向他告知昨夜歷險的結局。

「你睡得好久喔，阿得里揚．普羅霍羅夫老爺，」阿克西尼雅說著，遞給他長袍。「做裁縫的鄰居來找過你，還有本地的麵包師傅也跑來，他說，今天是他的命名日，可你卻睡得很沉，我們不想把你叫醒。」

「往生的特留欣娜家裡有人來找過我嗎？」

「往生？難道她過世了？」

「妳真迷糊！昨天我辦理她的喪事，妳不是還幫我嗎？」

「你怎麼啦，老爺？你瘋啦？還是昨天酒醉還沒清醒？昨天哪來什麼喪事？昨天你在德國佬那兒吃吃喝喝一整天，醉醺醺回到家，便倒臥在床，一直睡到這時候，教堂的午禱鐘都已敲過了。」

「是嗎？」棺材匠說道，滿心歡喜。

「當然是。」女僕回答。

「喔，既然如此，快把茶端上吧，也把兩個女兒叫來。」

驛站長

十四品芝麻官，
驛站的獨裁者。

——維亞澤姆斯基公爵[1]

誰不曾咒罵過驛站長，不曾跟他們吵過架？誰在盛怒之下，不曾要求他們拿出那要命的簿本，好記上一筆，控訴他們的蠻橫、粗鄙、怠職，雖然記也是白記？誰不把他們看作是人間的敗類，把他們視同舊日莫斯科公國的惡吏，或至少是穆羅姆地區的土匪[2]？不過，我們若能保持公正，盡量設身處地為他們想一想，或許，我們對他們的評價就會合情合理許多。驛站長究竟是何等人物？這十四品官是名符其實的十四品苦命人[3]，憑這官銜只能讓他們免於挨打，而且不見得每次都管用（這就訴諸各位看官的良心了）。維亞澤姆斯基公爵所戲稱的這號獨裁者，他的職責為何呢？不就是不折不扣的苦差事嗎？簡直無論白天，或是黑夜，都不得安寧。旅客車馬勞頓，積壓滿肚子火氣，一股腦兒都往驛站長身上發洩。天氣惡劣，路況不佳，車夫執拗，馬兒拉不動——這都要怪驛站長。一踏進他那寒酸的屋子，路客莫不把他視為仇人。走運的話，他可以很快地把不速之客打發；要是碰巧沒有馬匹呢？……上帝啊！又是辱罵，又是威嚇，有如狗血淋頭！雨雪泥濘中，他得挨家挨戶地奔走；暴風雨中，寒冬日子裡，他得躲到門廊，逃避怒氣沖沖旅客的叫囂與推拉，哪怕是偷閒半晌也好。要是來了個將軍老爺，驛站長可就直發哆嗦，把最後兩輛三頭馬車，包括信差專用的，一併交給他。將軍老爺走了，道謝也不說一聲。豈知五分鐘過後——鈴聲又響！……來了機要信差，把驛車證往桌上一扔！……我們對這一切若能多加思量，就不至於滿心怒氣，反而是滿腹的憐憫。不妨再多言幾句。二十年來，我馬不停蹄地遊遍俄羅斯的東西南北。幾乎所有驛道我都清楚，幾代車夫我都認識，罕有驛站長我不熟悉，少有驛站長我沒跟他打過交道。我已搜集了不少旅途所見的趣聞妙事，希望能於近期內出版。在此我只想說，社會大眾對驛站長這一類人的觀感其實有很大的謬誤。這些飽受污蔑的驛站長，一般而言，都是為人和善，天性熱心，廣結善緣，淡泊功名，也不會太唯利是圖。從他們的談話（來來往往的老爺偏偏對此嗤之以鼻）可以汲取很多新奇有趣、教化人心的東西。至於我呢，老實說，我寧願與他們閒扯，更勝過聽取因公路過的六品官員的高論。

不難猜到，我有幾個朋友屬於驛站長這可敬的行業。的確，更有其中一位值得我的懷念。因緣際會之下，我們曾經彼此熱絡。我現在想為親愛的讀者述說他的故事。

1 本篇小說開頭短句取材自維亞澤姆斯基公爵的詩歌《驛站》（Станция, 1825），不過，經普希金略作改寫。維亞澤姆斯基公爵，全名Пётр Андреевич Вяземский（一七九二——一八七八），俄國詩人、文學批評家、歷史家，曾任彼得堡科學院院士。他是普希金好友，常與普希金有書信往來。

2 穆羅姆（Муром），俄羅斯城市，位於奧卡河（Ока）右岸，附近森林密佈，曾經土匪橫行。

3 舊俄時期，俄國官僚體制分十四職等，而第十四職等是最低一級。

話說一八一六年五月，我碰巧路過某省分，我走的那條驛道如今已灰飛煙滅。我官卑職微，只好搭乘驛車每站換馬，並只支付兩匹馬的車資[4]。因此，那些驛站長對我都不太客氣，我常要經過一場奮戰才能爭得我認為應有的待遇。當時的我年輕氣盛，每次驛站長把為我備妥的驛馬套在大官老爺的馬車上時，我總會對驛站長的卑賤與怯弱大發雷霆。那時，另有一事我久久不能適應，就是在省長的宴會裡，那些眼尖的奴才一一給客人上菜時，有時會把我遺漏。如今，這類事情我都視為人情之常。的確，要是我們不按照「官小的禮讓官大的」這種大家都方便的規矩行事，而是採用其他的，譬如「才疏的禮讓才高的」，我們會如何呢？那豈不吵成一團嗎？而且僕人還真不知道該從誰開始上菜呢？不過，我還是言歸正傳吧。

那是個炎熱的日子。離某驛站三俄里處，開始稀稀落落地下起雨來，沒多時轉為滂沱大雨，淋得我渾身溼透。來到驛站，第一件事就是趕緊換衣服，然後要杯茶喝。「嘿，杜尼婭！」驛站長吆喝著，「擺上茶炊，再去拿些凝乳。」話聲剛落，從隔間走出一個年約十四的少女，往前堂跑去。她的美讓我為之震懾。「這是你的女兒？」我問驛站長。「是啊，我女兒，」他答道，神色頗為得意，「很是聰明伶俐，完全跟她死去的娘一個模樣。」他動筆登錄我的驛車證；牆上有幾幅畫，點綴著簡陋卻整潔的住所，於是我便瀏覽起這幾幅畫。這些圖畫描繪的是浪子回頭的故事。第一幅畫，是一位威嚴老者，頭戴睡帽，身穿睡袍，為輕浮的兒子送行，兒子正接受老父的祝福與錢袋，一副迫不及待的樣子。第二幅畫，以鮮明筆觸描繪年輕人的荒唐：他坐於桌旁，周圍是一些酒肉朋友，以及無恥的女人。再下一幅畫，是千金散去的年輕人，衣衫襤褸，頭戴三角帽，放養豬群，並與豬分食；他一臉深沉的悲傷與懊悔。最後一幅畫，描繪兒子回到父親身旁，慈祥的老人穿戴同樣的睡帽與睡袍，飛奔而出，迎接兒子歸來，浪子則跪在地上；這幅畫的遠景是廚師正宰殺一頭肥肥的牛犢，而哥哥在詢問僕人，何以這般歡天喜地。每幅圖畫的下方，我都看到與圖畫相稱的德文詩。這一切到如今都還保存在我的記憶裡，正如那一盆盆的鳳仙花，那床鋪與那花色的帷幔，以及當時所有環繞在我周圍的一景一物。就好像現在，那位面色紅潤、精神矍鑠、年約五十的房子主人，仍歷歷在目，我似乎看到他穿著那長長的綠色禮服，披掛著褪色的緞帶，上有三枚勳章。

我還沒來得及和老車夫結帳，杜尼婭就已經端著茶炊來了。這位小小年紀的俏妞才第二眼，就已看出我對她的印象。她垂下蔚藍的大眼睛；於是，我便開口和她聊天，她和我應答，一點也不覺靦腆，像是個見過世面的大姑娘。我請杜尼婭父親喝杯潘趣酒，也給她倒杯茶，於

—

4　十九世紀俄國政府規定，官員出差搭乘驛站馬車，得按官階使用馬匹數量。兩匹馬適用於低階官員，十品以上官員可使用三匹馬。

是我們三人便聊了起來，好像已相識多年。

馬匹早已備妥，不過，我就是不願跟驛站長和他的女兒分手。最後，我還是跟他們道別；驛站長祝我一路順風，而女兒送我上馬車。走到門廊，我停下腳步，請求她容許我親吻她一下；杜尼婭同意了……

曾經有過許多回的香吻，我都可一一算出，但是，自從這一吻之後，沒有哪一回給我留下如此長久、如此愉快的回憶。

過了幾年，我又是機緣巧合來到同樣的驛道，走過那些同樣的地點。我回憶起驛站老頭的女兒，一想到又要跟她見面，不禁心中大喜。但是，轉念一想，或許，驛站老頭已經卸任換人；或許，杜尼婭已經嫁人。我腦海也浮現過一個念頭，或許有哪一個人已不在人世。於是，我往那驛站奔去，不好的預感讓我憂心忡忡。

馬兒停在驛站小屋旁。一走進屋子，我馬上認出描繪浪子回頭故事的那幾幅圖畫，桌子與床鋪擺在老地方，但窗台上已不見花盆，四周一切顯得衰敗與凌亂。驛站長裹著皮襖在睡覺，我一進來，把他驚醒，於是他欠身起來……此人正是薩姆松·維林，不過他怎麼蒼老這麼多！趁著他要動手登錄我的驛車證，我端詳著他那蒼蒼白髮、那好久未刮的臉龐上的深深皺紋、那佝僂的背脊——我不禁大為吃驚，怎麼才三、四年光陰，一個生氣勃勃的男子會變得如此龍鐘老態。「你認得我嗎？」我問他，「我們可是老相識啊。」「或許是吧，」他答道，一臉憂鬱，「這條大路四通八達，打我這兒來來往往的路客很多。」「你的杜尼婭好嗎？」我又問道。老頭兒皺皺眉頭。「那只有上帝知道。」他答道。「這麼說來，她嫁人了？」我說。老頭兒裝作沒聽到我的問話，繼續低聲念著我的驛車證。我不再多問，便吩咐沏茶。好奇之心油然而生，但也感到忐忑不安。我希望，潘趣酒能讓我這位老相識打開話匣子。

我果然沒錯，我請老頭兒喝酒，他沒拒絕。我發現，蘭姆酒[5]化解了他滿腹愁懷。第二杯酒下肚，他就變得侃侃而談。不知他想起我了，還是他假裝想起我的，於是我從他嘴裡得知一個故事，這個故事深深吸引我的注意，同時也深深觸動我的心弦。

「這麼說，你認識我的杜尼婭？」他說話了，「又有誰不認識她呢？唉，杜尼婭呀，杜尼婭！她曾經是多美好的女孩啊！從前，不管誰路過這兒，都會誇她幾句，沒有人有過一句怨言。那些太太都會給她送東送西的，這個送絲巾，那個送耳環。路過的老爺們會特意地逗留，

5 前一段說是潘趣酒，這裡卻說是蘭姆酒，這是因為潘趣酒中有蘭姆酒的成分。蘭姆酒（俄文ром，英文rum）是用甘蔗、糖蜜釀造與蒸餾而成的烈酒。

一副要吃午飯或晚飯的樣子，無非是要多看她幾眼。常常有哪個怒氣沖沖的大爺，只要一見杜尼婭，就怒氣全消，並且和顏悅色地跟我說話。您信不信，先生，那些信使或專差一跟她談起話來，就是半個小時。家裡的事都靠她了，什麼該清理的，什麼該燒煮的，哪樣不得心應手。而我啊，老糊塗一個，對她總是欣賞唯恐不及，喜歡唯恐不足。我豈會不愛我的杜尼婭，我豈能不疼自己的孩子。難道她日子過得不好？唉，不，災難要來，也不用向上帝祈禱了，在劫難逃呀。」於是，他開始向我細述他的傷心事。

三年前，一個冬天的晚上，驛站長正往一本新的登錄簿畫格子，女兒則在隔壁縫衣服，這時，來了一輛三頭馬車。旅客頭戴切爾克斯皮帽，身穿軍大衣，還裹著披肩，他一進門就要求換馬。不巧所有的馬匹都已派遣出去。旅客一聽到這答覆，才要提高嗓門，揚起馬鞭，杜尼婭就已從隔間奔出。杜尼婭已見慣這種場面，她柔聲細語地向旅客問道：要不要吃點什麼東西？按照慣例，杜尼婭的出現再度發揮作用。旅客的怒氣煙消雲散，同意等候馬匹，並點了一份晚餐。他摘掉溼漉漉、毛茸茸的皮帽，解開披肩，脫下大衣，原來是一位年輕、英挺，蓄著黑色小鬍子的驃騎兵。他挨著驛站長坐下，並和驛站長與他的女兒開懷暢談起來。晚餐端上來了。正當此時，馬匹回來了，驛站長吩咐，不用餵馬，立刻把馬匹套到路客的馬車。但是，當他回到屋子，卻發現那年輕人幾乎不省人事，倒臥在長凳上。年輕人身體不適，頭痛得很厲害，無法上路……能怎麼辦！驛站長把自己的床鋪讓給他，並且打定主意，要是病人不見好轉，明日一早就打發人到城裡請大夫。

次日，驃騎兵情況更糟了。於是，他的隨從進城請大夫。杜尼婭把一塊浸過醋的毛巾包在他頭上，便坐在他床前做起針線活兒。當著驛站長的面，病人不住地哼哼呻吟，幾乎不說一句話，不過，卻喝了兩杯咖啡，並且呻吟著要了午餐。杜尼婭是寸步不離。他不時要水喝，於是杜尼婭就把親手調製的檸檬汁給他端了上來。病人把嘴唇沾了沾，每回遞還杯子時，總要用自己虛弱的手握了握杜尼婭的手，以示謝意。午飯前，大夫到來。他按了按病人的脈搏，便用德語跟病人交談起來，然後用俄語表示，病人只須靜養，兩三天過後就可上路。驃騎兵給了大夫二十五盧布的出診費，並邀請他共進午餐，大夫同意了。於是，兩人吃了起來，他們胃口甚佳，還喝了一瓶葡萄酒，分手時互相都非常滿意。

又過了一天，驃騎兵完全康復了。他很是興高采烈，不停地開玩笑，一下子跟杜尼婭，一下子又跟驛站長。他用口哨吹吹歌，跟旅客聊聊天，還把他們的驛車證登記到登錄簿，讓好心的驛站長歡喜不已，到第三天早晨，驛站長已捨不得和他這位可愛的客人分手了。那天是星期日，杜尼婭正準備去做禮拜。驃騎兵的馬車也已備妥。他付清食宿費用，出手很是大方，再和驛站長道別；他也向杜尼婭道別，並自告奮勇用馬車送她到村邊的教堂。杜尼婭猶豫不決地站著……「妳怕什麼？」父親對她說道，「這位大人又不是狼，他不會把妳吃掉的，妳就坐他的車到教堂去吧。」杜尼婭坐上馬車，挨在驃騎兵身邊，僕人跳上馭座，車夫呼嘯一聲，馬兒便揚長而去。

可憐的驛站長簡直不明白，他怎會親口讓自己的杜尼婭隨驃騎兵而去，他怎會如此瞎了眼，當時他的頭腦是怎麼一回事。不出半個小時，他的心就開始七上八下，感到不安，讓他按捺不住，於是他便親自往教堂跑去。他來到教堂，看到人已散去，但不管在教堂院子，或是教堂門口，都沒看到杜尼婭。他慌慌張張地走進教堂，只見一位神父走出祭壇，一位執事吹熄蠟燭，兩位老太婆還在角落禱告，就是不見杜尼婭的蹤影。可憐的父親好不容易鼓起勇氣問那執事，杜尼婭是否來做禮拜。執事回答，她沒來。驛站長要死不活地往家裡走去。他只剩下一個希望，就是杜尼婭少不更事，一時興起，或許，就往下一個驛站兜風而去，那兒住著她的教母。他心焦如焚地等待著他讓女兒坐上的那輛三頭馬車的歸來。卻遲遲不見車夫回來。終於，直到傍晚，才見車夫一個人回來，還一副醉醺醺的樣子，他帶回一個要命的消息：「杜尼婭跟隨那驃騎兵，已從下一站往前遠去。」

老人家禁不起這不幸的一擊，一下子癱倒在那年輕騙子昨晚還睡過的床鋪。這時，驛站長對所有狀況前思後想，猜想到驃騎兵那場病是假裝的。可憐的老頭兒患了嚴重的熱病，被送到城裡去，他的職務暫時另外有人代理。給他看病的跟看過驃騎兵的是同一個大夫。他向驛站長表示，那年輕人一點都沒病，當時他也猜到年輕人心懷不軌，但沒說出口，只因害怕年輕人的皮鞭。無論這個德國人是說實話，還是吹噓自己的先見之明，他一點都無法讓可憐的病人覺得好過些。驛站長病情才剛有好轉，就向城裡的郵政局長請假兩個月，並且沒對任何人透露自己的意圖，便徒步找尋女兒去了。他從驛車證得知，驃騎兵上尉明斯基來自斯摩棱斯克，前往彼得堡去。給他趕車的車夫說，杜尼婭一路哭泣，雖然她好像是心甘情願跟他走的。「或許，」驛站長心想，「我能把我那迷途的羔羊帶回家。」他就懷著這樣的念頭來到彼得堡，落腳在伊茲梅洛夫軍團的駐地，他的老戰友、一位退伍士官的家裡，並開始尋找女兒。很快，他就打聽到，明斯基上尉人就在彼得堡，住在杰姆特旅館[6]。於是，驛站長打定主意去找他。

6 杰姆特旅館（Демутов трактир）是當時彼得堡最高級的旅館之一，是法國斯特拉斯堡商人杰姆特（Ф. Я. Демут）建於一七七〇年，位於莫伊卡河臨河街（набережная р. Мойки），離彼得堡最主要街道——涅瓦大街不遠。

一大清早，驛站長就來到明斯基的會客室，讓人通報上尉大人，說有位老兵登門求見。勤務兵一邊刷著楦頭上的靴子，一邊說道，大人還在睡覺，十一點前不見客。驛站長只好離去，並於指定的時間再回來。明斯基身穿長衫，頭戴紅色小圓帽，親自出來見他。「老兒，你有什麼事？」他問道。老頭兒的內心一時洶湧澎湃，眼淚奪眶而出，他顫抖的聲音僅僅說道：「大人！……就請您行行好吧！……」明斯基飛快地看了他一眼，兩頰刷地飛紅，他抓起老頭兒的手，把他拉進房裡，並隨手關上門。「大人！」老頭兒又說了，「過去的都已經過去了，請您至少把我可憐的杜尼婭還給我吧。您已經把她玩夠了，就別再把她無緣無故地毀了吧。」「事已至此，已經無法挽回了，」年輕人答道，顯得極度不安，「對你，我很抱歉，也希望你能原諒。不過，別想我會放棄杜尼婭；她會幸福的，我向你保證。你要她做什麼？她愛我，她已不習慣從前的日子了。無論是你，還是她，你們都忘不了過去的事。」接著，明斯基把什麼東西往他袖口一塞，便打開了門，於是，驛站長自己也不知怎麼就來到大街上。

他久久地站著，一動也不動，最後，他在自己衣服袖口裡看到一個紙團。他掏出紙團，翻開一看，是幾張皺巴巴的五盧布和十盧布紙鈔。眼淚再一次奪眶而出，這是憤怒的眼淚！

他把紙鈔揉成一團，往地上一扔，用鞋跟踩了踩，就走開了……走了幾步，他停了下來，想了想……又轉了回來……但是鈔票已經不見了。一個穿著體面的年輕人一看到他，便奔向一輛馬車，急急忙忙登上馬車，吆喝一聲：「走吧！……」驛站長並沒追趕過去。他決定回自己的驛站去，但在此之前，他想見見他可憐的杜尼婭，哪怕一眼也好。因此，兩天之後，他又到了明斯基那兒，但是，勤務兵冷冷地對他說道，大人誰也不接見；勤務兵還用胸膛一頂，把他頂出會客室，並且當著他的面，砰地一聲把門關上。驛站長怔怔地站著，站了一會兒——然後，才走了開。

當天晚上，他在受難者福音大教堂做完禱告，走在鑄造廠大街。突然之間，一輛豪華的輕便敞篷馬車從他眼前飛馳而過，驛站長認出車上的明斯基。馬車在一棟三層樓房子的正門口停了下來，並見那驃騎兵奔上台階。驛站長靈機一動，他轉身回來，走到馬車夫跟前，問道：「老弟，這是誰的馬車？可是明斯基的？」「正是，」車夫答道，「你有什麼事？」「事情是這樣子，你們老爺要我送一封便函給他的杜尼婭，可我卻忘了他那位杜尼婭住在哪兒。」「就在這兒，在二樓。你這封便函送遲了，老兄。現在老爺自己已到她這兒了。」「這不要緊，」驛站長答道，心中莫名地激動，「多謝你的指教，我這就去辦自己的事了。」他說著，便登上樓梯。

房門緊閉著，他拉了拉門鈴，在忐忑不安中等待了幾秒鐘。響起門鎖開啟聲，門打了開來。「杜尼婭小姐住在這兒嗎？」他問道。「是這兒，」一個年輕女僕回答，「你找她有什麼事？」驛站長沒有答話，逕自走進大廳。「不可以，不可以！」女僕跟在他身後喊著，「小姐現在有客人。」但是驛站長不予理會，繼續往裡走去。前兩個房間暗暗的，第三間房裡亮著燈火。他往敞開的房門走去，然後停下腳步。這個房間佈置得很漂亮，裡面坐著明斯基，他正陷入沉思。杜尼婭打扮時髦、貴氣，坐在明斯基安樂椅的扶手上，就像一位女騎士坐在自己的英國馬鞍上。她含情脈脈地瞧著明斯基，並把明斯基的鬈髮纏繞在自己閃閃發亮的手指上。可憐的驛站長啊！他從來沒見過自己的女兒如此美麗，他不由自主地欣賞起來。「誰在那兒？」杜尼婭問道，頭也沒抬。他不吭一聲。沒聽見有人回答，杜尼婭舉起頭來……一聲驚呼，便跌落在地毯上。明斯基嚇了一跳，衝過去把她扶起，忽然間看到驛站老頭站在門口，便放下杜尼婭，走到老頭兒跟前，氣得渾身顫抖。「你要幹什麼？」他向驛站長問道，緊咬著嘴唇，「你幹嘛到處跟蹤我，像土匪一樣？還是想把我宰了？快滾吧！」接著，他用強而有力的手一把揪住老頭兒的衣領，把他推出到樓梯上。

老頭兒回到住所。朋友要他向官府去告，但是驛站長想了一下，把手一揮，決定就此作罷。兩天之後，他便離開彼得堡返回自己的驛站，重操起舊業。「這已是第三個年頭了，」他最後說道，「我一個人過活，沒有杜尼婭，而她也是音訊全無。她是活，是死，只有上帝曉得。什麼事都會發生的。被過路花花公子誘拐的，她不是第一個，也不會是最後一個。人家把她們供養一陣子，然後就把她們拋棄了。她們這種傻丫頭在彼得堡多得是，今天身穿綾羅綢緞，明天嘛，你看看吧，就跟窮光蛋一起掃大街。有時我一想到，杜尼婭，或許，就此淪落，不由得心生罪惡念頭，但願她早死早了……」

我的朋友驛站老頭如此這般地述說他的故事，故事多次被他的淚水打斷，他生動地頻頻用衣襟擦拭淚水，就像德米特里耶夫精彩的敘事詩中那位忠厚老實的捷連季奇[7]。這些淚水或多或少是潘趣酒所引起的，他說故事時，一連灌了五杯，不過，無論如何，這些淚水還是深深地打動我的心。跟他分手後，我久久無法忘懷老驛站長，也久久地想念著可憐的杜尼婭……

不久前，我路過某地，想起了這位朋友。我獲悉，他負責的驛站已遭撤銷。「老驛站長還健在嗎？」對於我這問題，沒有人可以給予滿意的答覆。我決定走訪舊地，於是雇用了幾

7　這裡指的是俄國詩人德米特里耶夫（И. И. Дмитриев, 1780–1837）的喜劇敘事詩《諷刺畫》（Карикатура, 1792）。

匹馬，乘車往該村飛奔而去。

這時正值秋季。灰灰的雲籠罩天空，冷冷的風從收割完畢的田野吹來，也從一棵棵迎風而立的樹梢捲走紅紅與黃黃的樹葉。我在夕陽西下時分來到村裡，在驛站小屋前停了下來。一個肥胖的村婦走到門廊（可憐的杜尼婭當年就在這兒吻過我），並答覆我各項問題，她說，老驛站長過世大概有一年了，他的屋子搬進一個啤酒釀造師，她就是這位師傅的老婆。我不禁感到惋惜，如此白跑一趟，以及白花了那七盧布的車資。「他是怎麼過世的？」我問那釀酒師傅的老婆。「他喝酒喝死的，老爺。」她答道。「那他葬在哪兒？」「在那村邊，就挨著他的老伴兒。」「可不可帶我到他墳上看看？」「有什麼不可？喂，萬卡！你跟貓咪也玩夠了吧。帶這位老爺到墳地去，也把驛站長的墓地指給他看看。」

話聲剛落，一個衣衫破舊、紅髮、獨眼的男孩就跑到我跟前，隨即帶領我到村邊。

「你認得死去的站長嗎？」在路上我問他。

「怎會不認得？他教會我做木笛的。以前（願他早上天國！），只要他走出酒館，我們啊，就會跟在他後頭叫嚷：『老爺爺，老爺爺！給點花生吧！』於是，他就會分給我們花生吃。過去他老跟我們一塊玩呢。」

「那過路客會提起他嗎？」

「現在過路客很少。只有陪審員偶爾會順路過來，不過他也不管死人的事。這夏天倒是來了一位太太，她還問起老驛站長，也到過他墳上。」

「怎樣的太太？」我好奇地問道。

「一個很漂亮的太太，」男孩答道，「她乘坐六匹馬拉的轎式馬車來的，帶著三個小少爺和一個奶媽，還有一條黑色哈巴狗。她一聽說老驛站長已過世，就哭了起來，然後對她的小孩說：『乖乖坐著，我到墳上一趟。』我本來自告奮勇要給她帶路，那太太卻說：『我自己認得道路。』然後，她就給了我五戈比的銀幣——真是好心的太太呀！……」

我們來到了墓地，光禿禿一片的地方，沒有圍欄，木頭十字架林立，但都沒小樹遮蔽。有生以來我從未見過如此淒涼的墓地。

「這就是老站長的墳。」男孩跳上一個土堆，對我說道。那土堆上豎立著一個黑色十字架，上面有銅製聖像。

「那太太也來過這兒嗎？」

「來過，」萬卡答道，「我遠遠地瞧著她。她就躺在這兒，躺了很久。後來，那太太到村裡去，叫來神父，給了他一些錢，便坐車走了，她給了我五戈比的銀幣呢——那太太真好！」

於是，我也給了小男孩五戈比，並且，無論是這趟路，還是我花掉的那七盧布，我都已不感惋惜了。

驛 站 長

驛 站 長

小姐與村姑

杜申卡，無論怎麼打扮，妳都美麗動人。

——波格丹諾維奇[1]

伊凡·彼得羅維奇·別列斯托夫的領地位於我國一個偏遠的省分。他年輕時服役於禁衛軍，於一七九七年初退役，來到自己的村子，從此再沒遠遊他鄉。他娶了一個家道中落的貴族小姐為妻，後來，妻子死於難產，當時他正到遠方原野狩獵。很快地他即從家業的經營中得到安慰。他按自己的設計建造一棟房子，開辦呢絨工廠，讓自己收入增加兩倍，於是他便自認是地方上最聰明的人，對於這一點，那些攜家帶眷或帶著狗兒上門作客的鄉親從未表示異議。平日他總是穿著亞麻纖維的絨布夾克，但每逢過年過節，他就會穿上自家呢絨所製成的禮服。所有開銷，他都親自記帳；除了《參議院公報》，他什麼書都不讀。一般而言，大家都很喜歡他，雖然認為他很驕傲。唯一跟他過不去的只有格里高力·伊凡諾維奇·穆羅姆斯基，也就是離他家最近的鄰居。這人是道地的俄羅斯貴族。他曾經在莫斯科揮霍掉大部分的家產，於此同時又死了妻子，於是，來到自己最後一處田莊，在這兒又繼續胡鬧瞎搞，只不過花樣有所不同。他培植一座英格蘭式林園[2]，在這方面他幾乎花費掉自己所僅有的收入。他的馬夫都是英國騎師打扮。他女兒的家庭教師是英國人。他耕種自己的田地也是按英格蘭的方式。

然而用外國方法，
長不出俄國庄稼。[3]

而且，儘管開銷已大大縮減，但是穆羅姆斯基的收入卻不見增加。他即使在鄉下還是千方百計借貸新債。話雖如此，他怎麼說都不算愚蠢，因為他可是本省地主中第一位想到把田產抵押給監管委員會，這種資金週轉方式在當時是極其複雜與大膽的。不少人指摘他的舉措不當，其中表現最強烈的莫過於別列斯托夫。別列斯托夫憎惡任何新潮事物，這是他性格的特點。只要談起他這位鄉親的英國熱，他就無法心平氣和，經常不放過任何機會對他的鄉鄰大肆抨擊。每回向客人展示自己的產業，只要有人稱讚他經營有方，他便回答：「是啊！」

1 波格丹諾維奇（И. Ф. Богданович, 1743–1803），十八世紀俄國詩人，名聲並不顯赫。本篇小說開頭詩句取材自他的敘事長詩《杜申卡》（Душенька, 1783）。

2 英格蘭式林園與法國式林園剛好形成截然對比。法國式林園講究幾何式的精確，而英格蘭式林園則接近自然，也就是儘量模仿自然樹林的風格。普希金小說《杜勃羅夫斯基》（Дубровский, 1832–1833）的第十三章中，有對英格蘭式林園的描寫。

3 本句話引用自當時俄國一位名聲並不顯赫的劇作家兼導演沙霍夫斯基（А. А. Шаховский, 1777–1846）的諷刺劇《莫里哀！你的天才在世上是無與倫比……》（Мольер! Твой дар, ни с чем на свете не сравнённый ..., 1807）。

他語帶嘲弄式的冷笑，「我可不像我們的鄉親穆羅姆斯基呀，我們哪來的能耐搞那英國式的破產！我們只要圖個俄國式的溫飽就好了。」諸如此類的笑話，經過左鄰右舍的熱心傳播，並加油添醋，也傳到穆羅姆斯基的耳朵。這位英國迷正如我們的新聞記者，最受不了別人的批評。他暴跳如雷，怒斥那位惡意批評者是「狗熊」、是「鄉巴佬」。

當別列斯托夫的兒子來到父親莊園時，這兩家地主關係正是如此。他受教於某大學，卻一直有意從軍，但父親不同意。小伙子自認完全不適任政府文職工作。父子二人爭執不下，於是年輕的阿列克賽暫且過起公子哥兒的生活，並蓄起小鬍子[4]等待機會。

阿列克賽是一個帥氣十足的小伙子。說真的，要是他那英挺的身材沒能套上戎裝，要是他沒能騎上戰馬展現英姿，反而是蜷縮身軀，埋首於公文堆裡，消磨青春，那確實太可惜了。每次狩獵，只見阿列克賽不問路徑，總是一馬當先，鄉里的人都異口同聲說道，他將來絕對不會只是一名中規中矩的科長而已。小姐們總會多看他幾眼，甚至有的還看得入迷；不過，阿列克賽對她們卻不感興趣，於是她們把阿列克賽無動於衷的原因歸之於他心中另有所屬。確實，他的信件當中就有一個通訊地址到處流傳，地址是：莫斯科，阿列克謝耶夫修道院對面，銅匠薩維里耶夫寓所，阿庫莉娜·彼得羅芙娜·庫若奇金娜，惠轉A．H．P．。

沒待過鄉下的讀者無法想像，鄉野小姐是多麼迷人！她們受教於清新的空氣之中，以及自家花園的蘋果樹蔭之下；社會與人生的知識，她們汲取自書本之中。

她們遠離塵囂，無拘無束，熱愛閱讀，早早就孕育出滿腔的熱情，這種熱情在我們那些漫不經心的京城美女身上是看不到的。對於這些鄉野小姐而言，聽到一個鈴鐺的輕響就是一個離奇的故事，跑了一趟附近城市就是生命中劃時代的大事，一個客人的造訪就給她們留下久久的、有時甚至是永恆的回憶。當然，任何人都可以隨意取笑她們的某些怪癖，但是膚淺的觀察者再怎麼取笑，都無法抹煞她們本質上的一些優點，其中最主要的是：有個性，獨具一格（individualité）[5]。按照讓·保羅[6]的說法，一個人若沒有了個性，就喪失了人的偉大。或許，京城的小姐受到更好的教育，但是上流社會的習性很快就磨平她們的個性，並讓她們的心靈變得像她們的帽子一樣，千篇一律。這麼說話既不是判決，也不是譴責，但正如一位古代的評論家寫道：**nota nostra manet**[7]。

---

4 根據當時俄國習慣，文官不蓄小鬍子，軍人則蓄小鬍子。

5 法文，表示「有個性」。

6 讓·保羅（Jean-Paul, 1763–1825），德國浪漫文學的先驅。他的原名為 Johann Paul Friedrich Richter，Jean-Paul 則為筆名。

7 拉丁文，表示「我們的觀點依然有效」。

不難想像，阿列克賽在我們的淑女圈中造成怎樣的印象。他是第一位以憂鬱、絕望之姿出現在她們眼前的人物，第一位向她們訴說逝去的歡樂與凋萎的青春；此外，他手上戴著黑色戒指，上面刻有死人頭像。這所有一切在這個省裡是極為新潮。小姐們對他簡直想都想瘋了。

不過，最傾心於他的莫過於我們這位英國迷的女兒——麗莎（或者蓓西，穆羅姆斯基平常都是如此稱呼她）。父輩互不往來，她還未見過阿列克賽，但是左鄰右舍的少女天天談論的就是他。她芳齡十七，一雙烏溜溜的眼睛讓她那黝黑的、十分討喜的臉蛋顯得活潑有神。她是家中的獨生女兒，自然而然，也受到嬌寵溺愛。她活潑好動，調皮的花樣層出不窮，讓父親疼愛有加，卻讓杰克遜小姐頭疼不已。杰克遜是一位古板的四十歲老小姐，一張臉用粉搽得白白的，一雙眉卻畫得黑黑的，一年都要把《帕美菈》[8]讀上兩遍。為此，她賺得兩千盧布，並在野蠻的俄羅斯過著煩悶得要死的生活。

伺候麗莎的是娜斯佳。她年紀比小姐大點，但也同小姐一樣，喜愛胡鬧。麗莎非常喜愛她，有任何心事都會跟她開誠佈公，也常常跟她一起想出各種稀奇古怪的點子。總而言之，在普里魯奇諾村，娜斯佳也算是一個人物，比起法國悲劇中的任何心腹婢女，她的地位是重要多了。

「今天可不可以讓我出門作客呀？」娜斯佳說道，一邊服侍著小姐穿衣服。

「去吧，不過妳要去哪兒？」

「到圖基洛沃村，上別列斯托夫家去。他們家廚師的老婆慶祝命名日，她昨天過來邀請我去吃飯。」

「好哇！」麗莎說道，「兩家老爺鬧彆扭，奴僕卻互相請客吃飯。」

「我們的事與老爺何干！」娜斯佳不以為然地說道，「何況，我是您的人，又不是您爹的人。您也沒跟別列斯托夫家的少爺吵架。至於兩位老人家要吵要鬧，就讓他們去吧，只要他們高興就好。」

「娜斯佳，千萬設法看看阿列克賽·別列斯托夫，然後再好好跟我說說，他長得如何，他又是怎樣的人。」

娜斯佳答應了，於是對於她的歸來，麗莎一整天都迫不及待。晚上，娜斯佳回來了。

「嘿，麗莎小姐，」她一進門就說道，「我看到了別列斯托夫家的少爺啦，而且還看個

8 《帕美菈》（Pamela, 1740）是英國作家理查遜（Samuel Richardson, 1689–1761）的小說。其實，《帕美菈》全稱應為《帕美菈：或者，受獎勵的美德》（Pamela: or, Virtue Rewarded）。這部小說是由很多書信相互連結成一個完整的故事。故事描述帕美菈的主人如何誘惑她，她如何拒絕，最後她怎樣獲得勝利，並與主人結成連理。

痛快，一整天我們都在一起。」

「怎麼回事？妳說說，給我一五一十地說說。」

「好吧，我們一起去的，包括我、阿妮西婭．葉戈羅芙娜、涅妮菈、杜妮卡……」

「好啦，我知道了。後來呢？」

「好吧，就讓我一五一十說分明吧。我們到的時候就快要吃午飯。屋裡擠滿一大堆的人。有科爾賓諾村來的，有札哈里耶沃村來的，有一位女管家帶著幾個女兒，有赫魯賓諾村來的……」

「哎！那別列斯托夫少爺呢？」

「別急嘛，小姐。我們一一就坐，女管家坐首席，我坐她旁邊……她的女兒都氣得鼓起腮幫子，可我才沒把她們瞧在眼裡呢……」

「唉呀，娜斯佳，妳沒完沒了地盡是雞毛蒜皮的小事，不嫌煩呀！」

「瞧您多沒耐性的！等我們離開飯桌……我們可坐了約莫三個鐘頭呢，飯菜也真是棒極了！光是夾心牛奶杏仁酪就有藍色的、紅色的和條紋的……等我們離開飯桌，到花園玩捉迷藏，這時別列斯托夫少爺就出現了。」

「喔，怎樣呢？他真的長得很帥嗎？」

「帥得讓人驚嘆，這麼說吧，簡直就是美男子。身材英挺、高大，兩頰紅潤……」

「真的嗎?我還以為他一臉蒼白呢。怎麼著?妳覺得他怎樣?一臉憂鬱、若有所思，是嗎?」

「瞧您說的?玩得這麼瘋的人我一輩子都還沒見過哩。他還心血來潮地跟我們玩起捉迷藏呢。」

「跟妳們玩捉迷藏?不會吧!」

「簡直太會了!他還想出一些花樣呢!只要逮到了，就得親一下!」

「隨妳愛怎麼說，娜斯佳，妳騙人。」

「隨您愛信不信，我可沒騙人。我費了好大的勁才沒被逮著。他就這樣一整天跟我們一起胡鬧。」

「有人說，他已有心上人，對誰看都不看一眼，那又是怎麼一回事?」

「這就不知道了，不過對我，他可是看了又看，對管家女兒塔尼婭也是，還有對科爾賓諾村的帕莎也一樣，而且，說來也真是罪過，他對誰都不會惹人厭，真是調皮的傢伙!」

「這就妙了!那在他們家裡怎麼說他的?」

「他們都說，少爺人太棒了，又好心腸，又一派樂天的。就是有一樣不好，他太喜歡追著女生跑。不過，依我看，這也不是什麼壞事，慢慢地就會變得成熟穩重了。」

「我好想見見他呀！」麗莎嘆聲說道。

「這又有什麼難的？圖基洛沃村離我們又不遠，不過才三俄里。您就往那方向散步去，或者騎馬去，說不準您就會遇到他呢。他每天一大早，總會帶著獵槍去打獵。」

「不成呀，這不大好吧。他還以為我在追他呢。況且，我們兩家父親在吵架，所以我還是不能與他結識……啊，娜斯佳！知道嗎？我可以裝扮成一個村姑！」

「沒錯，您就穿上粗布衣裳與長衫，然後放大膽子往圖基洛沃村去。我向您保證，別列斯托夫少爺絕不會放過您的。」

「再說，我本地話也說得很好。呵，娜斯佳，親愛的娜斯佳！這點子真是太精彩了！」於是，麗莎雖倒頭睡覺，一心卻想著，無論如何要將自己這好玩的點子付諸實施。

次日，她就著手實現自己的計畫，先是派人到市集買了粗麻布、藍色粗棉布，以及銅鈕扣，並在娜斯佳協助下，剪裁了襯衫與長衫，再把所有女僕叫來縫製衣服，於是，到了黃昏時候，一切便準備就緒。麗莎試了試新衣裳，照了照鏡子，自認從來沒有這麼可愛過。她一再演練自己的角色，先是邊走邊低頭鞠躬，然後頭搖了搖幾下，就像黏土製的貓兒似的，並且說起農家土話，再用衣袖捂嘴笑了笑，逗得娜斯佳連聲叫好。倒是有一事叫她為難，她原想在庭院試著光腳丫走路，沒想草皮卻刺痛她的纖纖玉足，還有沙子與碎石也讓她疼痛難耐。又是娜斯佳出馬幫忙，她量量麗莎的腳，便跑到田野去找放牲口的特羅菲姆，要他按照尺寸編製一雙樹皮鞋。第二日，天都還沒亮，麗莎就醒來。這時全家都還在沉睡當中。娜斯佳已在門口等候那放牲口的。傳來一陣號角聲，村莊裡的一群牲口拖拖拉拉地走過老爺家的前庭。特羅菲姆打從娜斯佳前面走過時，遞給他一雙花花綠綠的小巧樹皮鞋，並收下半盧布的賞金。麗莎悄悄地打扮成農家女，低聲交代娜斯佳如何應付杰克遜小姐，便走出後門臺階，穿過菜園，往田野直奔而去。

這時，曙光在東方照耀，一列列金色的雲彩彷彿在等待著太陽，就像群臣恭候君王駕臨。清澈的天空，清新的早晨，朝露，微風，還有鳥兒的歌唱，讓麗莎的心靈充滿童稚的喜悅。擔心碰到什麼熟人，她似乎不是用走的，簡直是飛了起來。走近父親領地邊界附近的那片樹林時，麗莎放輕了腳步。她應該要在這兒等候阿列克賽，她的心不知怎地跳動得很厲害。我們的年輕人調皮搗蛋，其中夾雜著擔心害怕，這正是調皮搗蛋最具魅力之處。麗莎走進半明半暗的樹林。樹林低沉的簌簌聲時斷時續，歡迎著這位女孩。她雀躍的心情已平息。漸漸地她沉醉於甜蜜的幻想之中。她想著想著……但是十七歲少女，於春日清晨五點多鐘，單身一人，在樹林中，她究竟在想些什麼，豈能說得清楚？如此這般，她若有所思地走著，一路都籠罩在兩旁高大的樹蔭之中，突然，一條漂亮的獵犬朝著她猛吠。麗莎大驚，叫了起來。這時，傳來一個人的說話聲：「Tout beau, Sbogar, ici…」[9]——從樹叢走出一個年輕獵人。「不用怕，好姑娘，」他對麗莎說道，「我的狗兒不咬人。」這時麗莎已回過神，並隨即善加把握時機。「那怎行啊，少爺，」她故作半是驚嚇、半是羞澀狀，說道，「我怕得緊呢，瞧瞧，牠多兇呀，一副又要撲過來的樣子。」阿列克賽（各位看倌想必已知道是他了）此時端詳著這位年輕的農家女。「我送妳一程好了，要是妳害怕，」他對她說道，「我可以跟妳一塊走嗎？」「可誰攔著你呀？」麗莎答道，「隨你吧，馬路是大家的。」「妳打從哪兒來的？」「普里魯奇諾村，我是鐵匠瓦西里的女兒，來採蘑菇的。」（麗莎提著一個樺樹皮小籃子，上面繫著一條細細的繩子）麗莎問道，「那你呢，少爺？圖基洛沃村的，是吧？」「正是，」阿列克賽答道，「我是伺候少爺的。」阿列克賽想扯平兩人的身分。豈知麗莎瞧了他一眼，笑了起來。「你騙人，」她說道，「你別拿我當笨蛋。我瞧你就是少爺本人。」「妳何以如此認為？」「從哪兒看都是。」「是嗎？」「少爺與僕人哪能分不清楚呢？你不但穿著不對，說話也不像，就連吆喝狗兒也跟我們不一樣。」麗莎是越來越討阿列克賽喜歡了。他已習慣對這些漂亮的鄉下姑娘不拘小節，這時便想將麗莎一把擁入懷裡，不想麗莎卻從他身旁跳開，並突然擺出一副嚴厲、冰冷的表情，這雖逗得阿列克賽發笑，但也讓他不得不自我節制，不再圖謀不軌。「要是您想跟我繼續做朋友，」麗莎鄭重其事地說道，「就不得如此放肆。」「是誰教妳這番道理的？」阿列克賽哈哈大笑，問道，「不會是我相識的娜斯佳，妳們小姐的使女吧？瞧瞧我們的教育是這般方式傳播的！」麗莎覺得不妙，再下去可要洩底了，於是隨即改口。「你想到哪兒去？」她說道，「難不成我會沒到過老爺家嗎？恐怕，我啥都聽過，啥都看過。不過，」她又說道，「我光顧著跟你聊天，就採不到蘑菇了。你往一邊走吧，我到另一邊去，抱歉……」麗莎想要離去，阿列克賽卻一把拉住她的手。「妳叫什麼，我的好姑娘？」「阿庫莉娜，」麗莎回答，一邊使勁想從阿列克賽手中抽出自己的手指頭，「放手嘛，少爺，該是我回家的時候了。」「好吧，我的朋友，阿庫莉娜，我一定登門探望妳的老爹，這位瓦西里鐵匠。」「你這是做啥？」麗莎強烈地反對，「看在基督分上，你就甭來。要是我們家裡知道我在樹林裡單獨跟少爺聊天，那我要倒楣的，我爹，瓦西里鐵匠，非得把

——

9 法文，表示「別動，斯波卡爾，過來……」。

我活活打死不可。」「可是我一定要跟妳再見面呀。」「那我什麼時候再到這兒採蘑菇不就得了。」「這究竟是什麼時候？」「就明天好了。」「可愛的阿庫莉娜，我好想痛快地親親妳，可是又不敢。這樣，就明天見了，這個時候，是吧？」「是的，沒錯。」「妳該不會騙我吧？」「不騙你。」「妳對上帝發個誓。」「我對上帝發誓，一定來。」

這兩個年輕人分手了。麗莎步出樹林，越過原野，溜進花園，急急忙忙地跑進農莊，娜斯佳正在這兒等候著她。這位心腹迫不及待地問東問西，麗莎心不在焉地應答幾句，便換好衣服，來到客廳。這時餐桌鋪好，早餐備妥，杰克遜小姐一臉的粉搽得白白的，腰身束得緊緊的，像隻高腳玻璃杯，正在切著薄薄的三明治。父親誇讚麗莎這麼早就去散步。「黎明就起床，」他說，「沒什麼比這更有益健康的了。」他隨即舉了幾個長壽的例子，這都是他從英國雜誌看來的，他說，凡是活到一百多歲的人瑞都不喝酒，每日黎明即起，不分冬夏。麗莎根本沒在聽。她腦海翻來覆去都是今晨邂逅的種種情景，回味著阿庫莉娜與年輕獵人的所有對話，不過，她良心也開始不安了。她為自己辯解，說他們只是談談話，並未踰越規矩，說這只是調皮而已，不至於有什麼惡果；不過，一切枉然，良心譴責的聲音還是大過理智的辯解。尤其，她允諾明日的約會，最是讓她忐忑不安，她原已下定決心違背神聖的誓言。但是阿列克賽苦苦等候不到她，可能會到村子裡到處尋找鐵匠瓦西里的女兒，而這位貨真價實的阿庫莉娜，其實是個胖嘟嘟、滿臉雀斑的女孩，如此一來，他可能猜出是麗莎輕佻的惡作劇。一想到這裡，麗莎就滿心驚恐，於是她拿定主意，第二天早晨再次以阿庫莉娜的身分出現在樹林。

至於阿列克賽這方面呢，他是狂喜不已，整日思念著這位新認識的女孩，就連在夜裡，這位黝黑的美人兒的倩影也是魂牽夢繫。天色才矇矇亮，他就已穿好衣服。等不及給獵槍裝填彈藥，即帶著忠心耿耿的獵犬斯波卡爾走到田野，往說好的約會地點直奔而去。約莫半個小時在他心焦難耐的等待中過去，終於，他看到，在灌木叢間閃過一個藍色長衫的身影，於是他便飛奔，朝可愛的阿庫莉娜迎上前去。阿列克賽是既感激又興奮，她則報之以微微一笑。不過，阿列克賽很快察覺，她臉上顯露出憂愁與不安。他很想知道其中原委。麗莎坦率表示，她覺得自己行為過於輕佻，對此她感到懊悔，這次她本來是不想遵守諾言的，因此今天的約會將會是最後一次，她還請求阿列克賽停止彼此的交往，這樣的交往不會有什麼好結果的。所有這番話，當然，是用農家土腔說出，不過，這樣的想法與認知，在一個普通女孩而言是不尋常的，因此讓阿列克賽大感驚奇。他嚼盡三寸不爛之舌，希望阿庫莉娜放棄這樣的念頭，並一再表示自己絕無非分之想，保證不會作出讓她悔恨的事，一切都將唯她是從，懇求她不要剝奪他唯一的樂趣——也就是單獨與她相會，哪怕是隔天一次，哪怕是一週兩次也好。他說著說著，話語中充滿了情真意切的熱情，這剎那他真的戀愛了。麗莎默默地聽著。「你得保證，」她終於開口了，「千萬不到村裡找我，也不要到處追問我的消息。你還得保證，不會找其他的時間跟我約會，除了我跟你說好的時間外。」阿列克賽原來要對天發誓，她卻笑著把他攔了下來。「我不要你發誓，」麗莎說道，「只要你答應就行了。」然後他們就很熱絡地東談西談，一塊兒走在樹林裡，直到麗莎說該回家的時候了。於是他們分手了，而阿列克賽一個人留在原地，怎麼也弄不明白，何以一個普普通通的農家女僅僅是兩面之緣，就能擄獲他的心。他跟阿庫莉娜的交往對他來說，充滿新鮮的魅力，而且儘管這個奇特的農家女跟他約法三章，讓他煎熬難耐，但他想都沒想過要違背諾言。其實，阿列克賽雖然手戴不祥的戒指，雖然跟誰有過祕密的魚雁往返，雖然曾經傷心失意，但他畢竟是個心地善良、熱情如火的小伙子，他有顆純潔的心靈，能夠體會天真無邪的樂趣。

如果我按照自己的喜好，我一定鉅細靡遺地描寫這對年輕男女的約會、相互日益增長的情愫與信任，還有他們的消遣、談話；不過，我知道，大多數讀者無心分享我的這種樂趣。

一般而言，這種枝枝節節未免過於肉麻，因此，我就略過不表，僅簡單交代，時間不到兩個月，我們的阿列克賽已經戀愛得神魂顛倒，至於麗莎，雖然較為含蓄，心中的熱情卻毫不遜色。兩人都沉浸於眼前的幸福，卻很少思考未來。

他們心頭不時閃過永結連理的念頭，但彼此卻從不談論此事。理由再明白不過了，阿列克賽無論多麼傾心於這位迷人的阿庫莉娜，卻始終記得介於他與這位貧寒的農家少女間的距離；而麗莎也清楚兩家父親間存在著深仇大恨，並且不敢奢望兩人盡釋前嫌。此外，暗藏於內心深處的一股浪漫的渴望也鼓動著麗莎的自尊心，她渴望有朝一日能看到這位圖基洛沃村的少爺跪倒在普里魯奇諾村的鐵匠女兒的腳下。突然，發生了一個重大事件，幾乎改變了他們的關係。

一個晴朗、寒冷的早晨（這樣的早晨在我們俄羅斯的秋天裡是再常見不過了），別列斯托夫老爺騎馬出去兜風，以防萬一，他還帶了三對伯爾扎亞犬[10]、一名馬夫，以及幾名隨身攜帶梆子的僮僕。與此同時，穆羅姆斯基老爺也是難耐好天氣的誘惑，吩咐給短尾牡馬套上馬鞍，便在自己英式莊園附近騎馬小跑。來到樹林邊時，他看見自己鄰居騎坐馬上，一副躊躇滿志的樣子，身穿狐皮裡子的高加索式上衣，正等待野兔的出現，僮僕則一邊吆喝，一邊敲打梆子，要把兔子趕出灌木叢。要是穆羅姆斯基能預知會撞見這位鄰居，他當然早就轉往他處而去；豈知，他現在全然出乎意料之外地碰見老別列斯托夫，而且一下子就發現自己離他只有手槍射程的距離。萬般無奈，穆羅姆斯基也只有像個有教養的歐洲人，驅馬上前，走向老對頭，彬彬有禮地問候致意。老別列斯托夫也是同樣殷勤地回禮，那個模樣就像是拴著鐵鍊的狗熊在主人的指揮下向著老爺先生們鞠躬敬禮。正當此刻，一隻兔子竄出樹林，往田野飛奔。老別列斯托夫與馬夫大聲吆喝，放出狗兒，並全速策馬緊跟追去。穆羅姆斯基的馬兒從未出獵，受此驚嚇，竟狂奔起來。穆羅姆斯基自詡騎術精良，便放任馬兒狂奔，還暗自竊喜可趁此機會擺脫不愉快的談話對象。哪知馬兒沒預先注意到，竟飛奔到一條山溝邊，陡然扭頭轉向一旁，於是穆羅姆斯基坐不穩，摔下馬來。他重重地摔在冰凍的土地上，身子躺著，嘴裡卻不住地咒罵自己的短尾牡馬，而馬兒似乎這才回神，一發現背上沒人，隨即停了下來。老別列斯托夫騎馬過來，問他摔傷沒有。這時馬夫也抓著馬兒的轡頭，把這匹闖禍的馬兒牽了過來。馬夫扶著穆羅姆斯基登上馬鞍，老別列斯托夫也邀請他到家裡坐坐。穆羅姆斯基不好拒絕，因為他覺得受人之恩。如此一般，老別列斯托夫是凱旋而歸，他既捕獲兔子，又帶著受傷、幾乎像個戰俘的老對頭。

這兩個鄰居一邊吃著早餐，一邊東聊西聊，氣氛相當融洽。穆羅姆斯基坦承自己摔傷，已無能為力騎馬回家，便開口向老別列斯托夫借用一輛輕便馬車。老別列斯托夫把他送到門口臺階，穆羅姆斯基一直等到老別列斯托夫承諾第二天會到普里魯奇諾村（也要帶著阿列克賽），像朋友聚會般吃頓午飯，這才放心離去。就這樣，由於這匹膽小的短尾牡馬，兩家長久以來的積怨，似乎，可以就此一筆勾銷。

麗莎跑出來迎接穆羅姆斯基。「這是怎麼回事，爸爸？」她問道，一臉詫異，「您怎麼

---

10 爾扎亞犬（борзая）是本書譯者幾經斟酌後採用音譯方式的譯名。根據俄國國家科學院《俄語大詳解字典》（Большой толковый словарь русского языка, Санкт-Петербург, 2008），這個名詞表示：「數種獵犬所構成的一個類型，其特徵包括：跑步迅速、嘴尖而長、腿長而瘦、身軀細瘦而肌肉強壯。」這種獵犬在英語中稱之為borzoi，也有人稱之為Russian wolfhound。至於漢語方面，譯名很多，並未統一，例如，《大陸簡明英漢辭典》（吳柄鐘、陳本立、蘇篤仁編，台北：大陸書局，一九八五），譯為：「波爾瑞（俄國產的獵狗）」，《新英漢辭典》（何萬順主編，台北：三民書局，一九九七）譯為：「俄國狼犬」；另外，網路上介紹各國名犬的資料，採用的名稱有「蘇俄牧羊犬」、「俄羅斯獵狼犬」、「波索爾犬」、「波索犬」、「俄國伯瑞犬」等。這些譯名似乎都有待斟酌。採用譯音的，與俄語原音差距頗大；採用蘇俄之名的，與事實不符，因為蘇聯現已不存在（一九九一年底解體），更何況這種獵犬早在蘇聯誕生（一九一七年）前就已存在；若採用俄國之名，也有討論空間，固然 борзая 犬種以俄羅斯的最著名，但這種獵犬全世界有近二十種，如：俄文中就有「波斯伯爾扎亞犬」（педсидская борзая）「阿富汗伯爾扎亞犬」（афганская борзая）等。中國大陸《俄漢詳解大詞典》（哈爾濱：黑龍江人名出版社，一九九八）則將 борзая 譯為「靈緹」（「緹」為借用，應為「犭+是」），由於電腦打不出，無法採用。

11 英文，表示「我親愛的」。

跛腳了？您的馬兒呢？這是誰的馬車？」「這妳猜也猜不到，my dear[11]，」穆羅姆斯基回答她，並說出所發生的一切。麗莎簡直無法相信自己的耳朵。穆羅姆斯基未讓她回神過來，又宣佈，明天別列斯托夫父子兩人會到他們家吃飯。「您說什麼？」她說道，臉色都發白了，「別列斯托夫，父親跟兒子！明天到我們家吃飯！不，爸爸，隨您怎麼都行，不過，我怎麼都不會露面。」「妳怎麼，瘋啦？」父親不以為然地說道，「妳什麼時候變得這麼怕生，還是妳念念不忘我們老一輩的恩恩怨怨，就跟小說中的女主角一樣？何必呢，別傻了……」「不，爸爸，說什麼也不行，無論如何我都不會在別列斯托夫父子前露面。」穆羅姆斯基聳聳肩膀，不再與麗莎多辯，因為他知道，與麗莎如此針鋒相對不會有什麼結果的，於是他便歇息去了，也結束這奇特溜馬之旅的一天。

麗莎回到房裡，叫來娜斯佳。對於明日將有客人登門，兩人討論許久。一旦阿列克賽認出這位教養良好的小姐就是他的阿庫莉娜，將作何感想？阿列克賽對她的舉止、品行與心思，會有何意見？另一方面，麗莎也很想瞧瞧，這樣突如其來的會面會給阿列克賽造成怎樣的印象……她突然心生一計，馬上告訴了娜斯佳，兩人像撿到寶似的為之大樂，並決定非把這念頭付諸實施不可。

第二天吃早餐時，穆羅姆斯基詢問女兒，是否還想避開別列斯托夫父子。「爸爸，」麗莎回答，「我就見見他們吧，如果您要的話，不過，有一個條件，無論我怎樣出現在他們面前，無論我做什麼事，您都不要罵我，也不要表現出任何驚訝或是不滿的樣子。」「又在搞什麼花樣！」穆羅姆斯基笑著說道，「呵，好吧，好吧，我同意就是，妳要怎麼辦就怎麼辦，我的黑眼珠調皮鬼。」說著，他親了親女兒的額頭，於是麗莎便跑去準備。

下午二時整，一輛自製的四輪馬車由六匹馬拉著，進入院子，滑動在綠油油的草坪旁邊。老別列斯托夫由穆羅姆斯基兩名穿著制服的僕役攙扶著走上門階。他的兒子騎馬跟著他一道來，也一道走進餐廳，這時餐桌已準備就緒。穆羅姆斯基接待這兩位鄰居再殷勤不過了，邀請客人在飯前先去參觀花園與動物園，並帶領他們走在特意清理過並鋪上沙子的小路。老別列斯托夫心裡暗自惋惜，這麼多的功夫與時間浪費在毫無益處的花樣，但出於禮貌嘴裡又不能說些什麼。父親這樣一個精打細算的地主，對此自然感到不滿意，但作兒子的對父親卻不以為然，不過，這位好面子的英國迷如此沾沾自喜，讓兒子也無法感同身受。他等不及主人家女兒的出現。對於主人家這位女兒他已多有所聞，儘管他的心，正如我們所知，已另有所屬，但是妙齡美女總是能勾動他的一些想像。

回到客廳，三人坐定：兩位老人家重溫起舊日時光，以及軍旅生涯的妙聞趣事，至於阿列克賽則思索著，一旦麗莎到場時，他該扮演怎樣的角色。他拿定主意，無論何種情況，他擺出一副淡漠、慵懶的樣子，將是再恰當不過，因此他內心就自有分寸了。門開了，他轉過頭，那副漠然，那副帶著幾分傲氣的懶散，就是久經情海的嬌娃也會為之內心顫動。可惜，走進來的不是麗莎，而是老小姐杰克遜，她臉搽得白白的，腰束得緊緊的，兩眼低垂，給大家屈膝行禮，於是阿列克賽這趟完美的軍事行動可說是白忙一場。不過，他還沒來得及再度打起精神，門又打了開來，這次進來的是麗莎。大家站了起來，父親才要介紹客人，突然卻愣住，連忙咬緊嘴唇……麗莎，原來是黝黑的麗莎，現在卻一臉搽了白白的粉，直達耳際，兩眉卻畫得比杰克遜小姐還濃；綹綹的假髮比她原來頭髮的顏色淡得許多，鬈曲蓬鬆，就像法國國王路易十四的假髮；à l'imbécile[12] 式樣的兩袖撐得高高的，就像 Madame de Pompadour[13] 的筒裙；腰部束得細細的，就像字母 X，還有那些她母親的鑽石，還沒送進當鋪的，全都掛在手指、頸部與耳朵，閃閃發亮。阿列克賽認不出這位滑稽、珠光寶氣的小姐就是自己的阿庫莉娜。自己的父親走過去親吻她的手，他也無奈地跟著過去；當他輕輕觸及麗莎白皙的纖纖手指時，他感覺手指頭在顫動。同時，他也注意到麗莎的一隻小腳，穿得極其花俏，故意伸了出來。

這倒是讓他不那麼挑剔麗莎身上其他的穿著了。至於麗莎搽粉與畫眉，說真的，阿列克賽心思單純，第一眼並沒注意到，事後也不曾懷疑過。穆羅姆斯基想到自己的承諾，便儘量不露出一點驚訝的神情，不過女兒花樣百出倒讓他覺得很逗趣，讓他幾乎忍不住要笑了出來。古板的英國老小姐卻是沒有心情笑。她猜想，這些香粉與眉筆該是從她的櫃子裡偷出來的，氣得兩頰漲紅得從一臉的白粉中穿透而出。她不時把噴火的眼神投向這位淘氣的丫頭，丫頭卻裝作什麼也沒看到，打算另找時候再跟她好好說明。

大家入座。阿列克賽繼續表演著漫不經心、若有所思的角色。麗莎扭捏作態，講起話來都透過牙縫，唱歌似地拉長聲調，並且只說法語。父親不時瞧了瞧女兒，弄不懂她的用意，不過還是覺得這一切都很有趣。英國老小姐則一肚子氣，悶不吭聲的。倒是老別列斯托夫一個人好像在自己家裡似的，吃得痛快，一吃就是兩人份，喝得暢快，笑得開懷，他談起話越來越親熱，甚至哈哈大笑。

終於大家離席；客人離去，穆羅姆斯基這才放聲而笑，並提出疑問。「妳怎麼心血來

12 法文，原意是「低能，傻子」，這裡指當時窄窄的衣袖樣式，在近肩膀處有衣墊撐起。

13 法文，指的是蓬帕杜夫人（一七二一——一七六四），她是法國國王路易十五的情婦。

潮想要逗弄人家？」他問麗莎。「不過，妳知道嗎？妳搽起粉來，真的，倒是挺合適的。我是不懂女人家化妝的訣竅，話說回來，我要是妳，我就會搽搽粉，當然，不能太多，稍微就好了。」麗莎由於自己計謀得逞，不由得洋洋得意。她抱了抱父親，答應會考慮父親的建議，便跑去找滿肚子火氣的杰克遜小姐消氣，杰克遜經過好說歹說後才給麗莎開門，並聽她說分明。麗莎表示，她不好意思這樣黑不溜丟地在生人面前拋頭露面，又不敢開口要求……但她相信，善良、可愛的杰克遜小姐一定會原諒她……等等。杰克遜小姐不再多疑，相信麗莎並未存心拿她開玩笑，就大為釋懷，親吻了麗莎，為表示和解，還贈送她一盒英國香粉，麗莎表達衷心感謝，便收了下來。

各位看倌猜也知道，第二天早晨麗莎是急急忙忙地出現在密會的樹林。「少爺，你昨兒個到我們老爺家啦？」她開口就問阿列克賽，「你覺得我們小姐怎樣？」阿列克賽答說，他並沒有對她多留意。「那可遺憾了，」麗莎表示異議。「這又是為什麼？」阿列克賽問道。「因為我想問問你，是真的嗎，人家都說……」「人家都說些什麼？」「人家都說，我長得好像小姐，真的嗎？」「胡說！她跟妳比起來，簡直是醜八怪！」「哎唷！少爺，你這樣說可罪過了。我們小姐白淨淨的，打扮得又漂亮！我哪兒能趕得上人家呀！」阿列克賽當著她的面對上帝發誓，說她比所有那些白淨的小姐都漂亮，而且為了讓她完全放心，他便把小姐的容貌形容得可笑至極，麗莎聽得都為之由衷大笑不已。「話說回來，」她嘆息說道，「就算小姐，或許，很可笑，跟她相比，我畢竟是個沒讀書的蠢丫頭。」「哎呀！」阿列克賽說道，「這有什麼好難過的！妳要的話，我馬上就教妳讀書識字。」「說真的，」麗莎說道，「咱們是不是要真的試試看？」「好啊，親愛的，我們要嘛就現在開始。」兩人就坐了下來。阿列克賽便從口袋裡掏出鉛筆與小筆記本，阿庫莉娜學起字母快得出奇。阿列克賽對她的領悟力不得不驚嘆。次日早晨，她想要嘗試寫字，一開始鉛筆不聽她使喚，但幾分鐘過後，描繪起字母，一筆一畫都有模有樣了。「真是神奇啊！」阿列克賽說道，「我們的教學法比蘭卡斯特教學系統[14]還有效。」真的，才第三次上課，阿庫莉娜已經一個結構一個結構地分析《貴族之女娜塔麗雅》[15]，並且朗讀中不時停了下來，發表評論，這著實讓阿列克賽驚奇不已，此外，她還從這篇小說中摘錄了不少箴言，把一張紙塗得滿滿的。

14 蘭卡斯特（Joseph Lancaster, 1778–1838），英國教育家，他提倡的教學方法曾經在俄國流行，他的教學法是針對基礎教育學生採用互動式教學，亦即較高年級的學生在老師領導下，帶領低年級學生閱讀、寫字與算術。

15 《貴族之女娜塔麗雅》（Наталья, боярская дочь, 1792）是十八世紀末、十九世紀初俄國著名感傷主義作家卡拉姆金（Н. М. Карамзин, 1766–1826）的中篇小說。

過了一星期，他們就通起信來。郵局設立於一棵老橡樹的樹洞。娜斯佳暗中擔任郵差的職務。阿列克賽寫信都把字體寫得大大的，再把信送到那兒，也在那兒找到一張普通的藍色紙張，上面是心上人歪歪扭扭的筆跡。看來，阿庫莉娜已習慣高雅的語言風格，並且她的才智也大有長進。

與此同時，老別列斯托夫與穆羅姆斯基雖結識不久，來往卻越來越熱絡，很快就建立起友誼，原因不外乎如下：穆羅姆斯基常常想到，老別列斯托夫一旦過世，他所有產業都會轉到阿列克賽手中，如此一來，阿列克賽將會是本省最富有的地主之一，此外，他也沒有理由不娶麗莎為妻；至於老別列斯托夫方面，雖然認為穆羅姆斯基行為有些乖張（或者，按照老別列斯托夫的說法，英國式的愚蠢），但並不否認他也有許多可取之處，例如，鑽營的能耐難得一見，又是普隆斯基伯爵的近親，這位伯爵可是家世顯赫、權勢過人，對阿列克賽可能大有用處，另外，穆羅姆斯基，或許，很樂意（老別列斯托夫這樣想）在有利可圖的情況下嫁出女兒。在此之前，兩位老人家只是如此在心裡各自盤算，後來兩人竟彼此商量，相互擁抱，說好把事情搞定，便分頭張羅去了。穆羅姆斯基有一難處，就是要如何說服自己的蓓西與阿列克賽近一步交往，在那難忘的一餐之後，她還沒見過阿列克賽呢。似乎，他們彼此都看不上眼，至少每回老別列斯托夫登門造訪，阿列克賽不會跟著來到普里魯奇諾村，而麗莎也都退避房裡。不過，穆羅姆斯基這樣想，要是阿列克賽天天都能上他們家門，那蓓西必定會看上他。這是天經地義的事，時間會擺平一切的。

老別列斯托夫倒不怎麼擔心是否能心想事成。當天晚上，他把兒子叫進書房，點上煙斗抽了起來，沉默半晌，才開口說道：「怎麼你，阿列克賽，這麼久都不提起到部隊去的事啦？還是驃騎兵的制服已不再吸引你！……」「不是的，爹，」阿列克賽恭敬地答道，「我看得出來，您不願讓我進入驃騎兵。我理應聽從您的吩咐。」「那好啊，」老別列斯托夫說道，「我知道，你是聽話的孩子，這讓我很欣慰。我也不想強迫你，不想強迫你……馬上……擔任文職。不過現在倒想給你娶房媳婦。」

「要我娶誰呀，爹？」阿列克賽問道，一臉驚訝。

「穆羅姆斯基家的麗莎小姐，」老別列斯托夫回答，「這麼好的媳婦哪兒找啊，你說是吧？」

「爹，可我還不想成親呢。」

「你不想，可我卻為你想，而且是想了又想。」

「隨您怎麼說，穆羅姆斯基家的麗莎我一點都不喜歡。」

「以後就會喜歡。習慣了，就會相愛。」

「我不覺得我能夠讓她幸福。」

「她的幸福就不勞你操心了。怎麼？你就這般尊重老父的心意嗎？好哇！」

「隨您怎麼說，我不想結婚，就是不結婚。」

「你非得結婚不可，要不我就咒罵你，至於家裡產業，我發誓，我就變賣，然後揮霍一空，一文錢也不留給你！給你三天時間好好想一想，要不，你也不用來見我。」

阿列克賽知道，父親腦袋裡一旦有什麼念頭，套用塔拉斯·斯科季寧[16]的話，你就是打死他，也不能改變他的主意。不過，阿列克賽跟他的老爹一樣，怎麼說也拗不過的。他回到自己房裡，左思右想，想起父親至高無上的權威，想起麗莎小姐，想起父親信誓旦旦要他變成窮光蛋，最後也想起阿庫莉娜。他第一次清楚發現，自己是如此火熱地深愛阿庫莉娜。他腦海裡浮現一個浪漫的念頭，就是娶一個農家女為妻，然後靠自己的勞動過活。他越思量，越覺得這個果敢行為是明智之舉。由於陰雨連綿，他們已有些時日沒在樹林會面了。他給阿庫莉娜寫了一封信，用的是最清晰的筆跡，以及最狂熱的語言，向她宣告，他們是大難臨頭，同時阿列克賽也向她求婚。他馬上把信送往郵局，也就是那個樹洞，然後對自己極感滿意地倒頭便睡。

次日，阿列克賽心念已決，一大清早就去找穆羅姆斯基，準備跟他開誠佈公。阿列克賽滿心期待能激起他寬宏大量之心，並讓他投向自己的陣線。「穆羅姆斯基老爺在家嗎？」他在普里魯奇諾村這位地主宅邸門階前停下馬，問道。「不在，」僕人回答，「老爺一大早就出門了。」「真不巧啊！」阿列克賽心想。「至少麗莎小姐在家吧？」「在家。」於是阿列克賽一躍下馬，把韁繩交到僕人手裡，未經通報便逕自往裡走去。

「一切都會解決的，」他暗想，並往客廳走去，「我要當面和她說明白。」——他一走進去……頓時愣住！麗莎……不，阿庫莉娜，黝黑可愛的阿庫莉娜，穿的不是粗布長衣，而是白色晨衫，正坐在窗前，閱讀他的信函。她讀得聚精會神，竟沒聽到阿列克賽走了進來。阿列克賽不禁高興得大叫。麗莎渾身顫動，舉起頭來，驚叫一聲，原想溜走。阿列克賽衝上前把她攔住。「阿庫莉娜，阿庫莉娜！……」麗莎拚命想掙脫……「Mais laissez-moi donc, monsieur; mais êtes-vous fou?[17]」她重複地喊道，不住地扭過臉去。「阿庫莉娜！我的好友啊，

16 蘭塔拉斯·斯科季寧（Тарас Скотинин），十八世紀俄國著名劇作家馮維辛（Д. И. Фонвизин, 1744 或 1745–1792）的喜劇作品——《紈袴子弟》（Недоросль, 1782）中的人物。

17 法文，表示「放開我，先生；您瘋了嗎？」

阿庫莉娜！」阿列克賽一遍一遍地叫道，一面親吻她的手。杰克遜小姐見證這一幕，不知該如何是好。正當此時，門打了開來，穆羅姆斯基走了進來。

「啊哈！」穆羅姆斯基說道，「看來，你們事情都已處理妥當了……」

各位看官就不用我再多此一舉交代結局了。

伊·彼·別爾金小說集就此結束。

關於《別爾金小說集》

宋雲森

十九世紀二十年代末，俄國文學已進入浪漫主義的尾聲，寫實主義則將起未起。俄國浪漫文學以詩歌為主流，寫實主義則以小說掛帥。這時的普希金雖年紀輕輕，卻已是名滿俄羅斯的偉大詩人。不過，才華洋溢的普希金敏銳地感受到時代的脈動，並不滿足於偉大詩人的桂冠，嘗試在文學道路上有所突破，致力於散文小說的創作。於是在一八三〇年完成第一部被譽為「俄國現實主義小說奠基之作」的《別爾金小說集》。

《別爾金小說集》的創作風格與寫作技巧和當代的文學潮流大相逕庭，因此在出版之初，即招來不少文學批評家與讀者的非議。但隨著時間發展，普希金這部小說集被廣泛認同與接受。即使多年之後，俄國文豪托爾斯泰在給年輕作家指點迷津時仍表示：「請再讀一遍《別爾金小說集》吧，每一個作家都應該深入研究這一部作品，最近我就這樣做了。」

十八世紀末至十九世紀三十年代初《別爾金小說集》問世之間，俄國讀者習慣的小說是感傷主義與浪漫主義的作品。感傷主義小說強調心靈與情感，卻也常流於濫情；浪漫主義作品注重個性的自由與對自然的嚮往，常致力於描繪特殊的人、事、物，卻忽視人們切身的現實生活與人物。為突破感傷與浪漫小說創作的窠臼，普希金在《別爾金小說集》的嘗試之一是「對現實生活做現實的描寫，以此矯正俄國小說的走向。」普希金對於小說寫作也提出另一項新觀點，他在答覆友人有關《別爾金小說集》的詢問時表示：「……小說寫作應該是這樣的——樸實、簡潔、明確。」「樸實、簡潔、明確」這些特點在在表現於《別爾金小說集》的各篇小說；不論是文字與情節，或是結構與人物，皆是如此。

小說寫作：「樸實、簡潔、明確」

《別爾金小說集》由〈射擊〉、〈暴風雪〉、〈棺材匠〉、〈驛站長〉、〈小姐與村姑〉等五篇小說組成。這裡「小說」（повесть）一詞，在俄語中指的是「中篇小說」，但是各篇小說中，就俄文篇幅而論，最長的是〈小姐與村姑〉，約二十頁，最短的是〈棺材匠〉，近八頁。從中國或西方小說而言，這五篇作品都應該算是「短篇小說」。五篇小說都是簡潔、洗鍊，不論是人物刻畫，或是情節推展，普希金是不必要的話不說，多餘的字不提。

在人物刻畫方面，普希金對於人物外表著墨不多，通常僅就代表性特徵寥寥數語，甚至隻字不提（如〈棺材匠〉的主角——阿得里揚．普羅霍羅夫）。因此，讀者僅知西爾維奧（〈射擊〉）是「三十五來歲，穿著破舊黑色禮服」、「滿臉鬍子」，至於高矮胖瘦，一概不知；伯爵（〈射擊〉）是「年輕、俊美」，至於如何俊美法，則各憑讀者想像；瑪麗亞（〈暴風雪〉）是「亭亭玉立，面色白淨的十七歲閨女」，至於五官輪廓，讀者各有解讀；杜尼婭（〈驛站長〉）是「十四歲，美得讓人為之震懾」，她的美如何震懾人，留給讀者無限想像空間；麗莎（〈小姐與村姑〉）有「一雙烏溜溜的眼睛與黝黑、討喜的臉蛋」，至於可愛的如燕瘦還是環肥，讀者自行決定。

普希金對於人物刻畫較重視個性與心理的描繪。但他卻鮮少浪費筆墨直接點明人物個性與心理，而是採用間接方式，或者敘述人物習慣與喜好，或者透過情節推展與人物對話，揭露人物之典型個性。因此，普希金雖著墨不多，人物外型大都各憑讀者想像，但筆下人物的形象卻鮮明有趣，栩栩如生。讀者雖不知阿得里揚．普羅霍羅夫的長相，但對他精打細算、陰暗憂鬱的棺材匠形象，難以忘懷；另外，西爾維奧是冷峻、神祕的黑色英雄；伯爵是快樂、明亮的白馬王子；瑪麗亞少女情懷、堅貞癡情；杜尼婭冰雪聰明、自信能幹；麗莎活潑好動、古靈精怪。人物形象各具特色，活靈活現，躍然紙上。

至於情節方面，也是簡短、俐落。各篇內容並不複雜，脈絡清晰分明，多餘的情節捨棄，作者常常是簡單交待幾句，便轉換時空背景，來去自如，毫不拖泥帶水。例如：〈射擊〉情節橫跨十一年，但小說分頭、尾兩段，主要敘述西爾維奧與伯爵事隔六年的兩次決鬥，六年之間除西爾維奧的小鎮生活外，無關緊要的情節能省則省，至於第二次決鬥後的五年則是簡單交待I．L．P．中校退居鄉村與拜訪伯爵的經過，其他不再囉唆；〈暴風雪〉更是簡單，故事也是分兩段，分別介紹瑪麗亞相隔三年的兩段戀情，期間僅三言兩語交待瑪麗亞生病與父親過世，便迅速轉換時空背景。另外，〈暴風雪〉、〈棺材匠〉與〈小姐與村姑〉三篇，故事結尾都是嘎然而止，結果如何自在不言中，普希金不欲多言。

接著，分別簡單介紹《別爾金小說集》各篇的創作特點。

〈射擊〉：「對比」技巧與多元視角

普希金在〈射擊〉的故事結構、敘事方法、人物刻畫等方面，無所不在地運用「對比」技巧。文學作品中把「對比」技巧使用得如此淋漓盡致的，實在少見。對讀者而言，本作品中最顯而易見的「對比」是人物刻劃。故事的兩位主角——B伯爵與西爾維奧，剛好形成一明一暗、一白一黑的強烈對比。

例如：第一次決鬥，伯爵居上風，決鬥發生的背景是：春天、清晨、太陽升起。第二次決鬥，西爾維奧獲勝，故事強調伯爵是在夜晚的陰暗中看到西爾維奧。伯爵是明亮、燦爛的白馬王子，身上還集合以下特徵：年輕、快樂、英俊、富有、出身高貴、幸運、婚姻美滿、太太年輕貌美。西爾維奧則是黑暗英雄，與他相關的特徵與象徵還包括：出身較低、獨身、老頭兒、憂鬱、惡毒、黑色、手槍、射擊、復仇、決鬥、禍害、死亡等。最後，西爾維奧慘烈陣亡於司庫列尼戰役，而伯爵與如花美眷過著幸福快樂的日子。兩人的結局與各自的形象完全符合，構成天壤之別的對比。

本小說另一特點是：多元的敘事觀點。普希金為了更完整地交代故事的來龍去脈，更立體地呈現故事人物，匠心獨運地創造三個「我」來敘述本篇故事。這三個敘事者是：一名軍官（從〈出版者前言〉的註腳得知，他是I. L. P. 中校）、西爾維奧、B伯爵。讀者從這三人不同的視角，建立起兩位主人翁——西爾維奧、B伯爵的完整形象。

在I. L. P. 中校眼中，西爾維奧集浪漫、傳奇與神祕於一身：「這種人物讓我覺得像是哪一部神祕小說的主角」。在B伯爵口中，西爾維奧是可怕的復仇者：「……也該讓他知道，西爾維奧是如何向我報了一箭之仇」、「這時西爾維奧……這一刻的他，說真的，非常恐怖……」。在中校與伯爵口中，西爾維奧應該是西方傳統盜賊小說（picaresque novel）中的浪漫式英雄人物。但西爾維奧在談自己時，則非常坦誠與寫實，他是有血有肉的凡人，會忌妒、會絕望、會喪失自信，也會有惡毒的念頭：「他（B伯爵）在軍團裡與女性圈裡，都是無往不利，讓我徹底絕望」、「當時我因氣憤而激動不已，沒把握能打得準，為了讓自己有時間冷靜，我就拱手讓他開第一槍」（槍法並非百發百中）、「一個惡毒的念頭閃過我的腦海。我放下手槍」（放過B伯爵並非出於仁慈）。

至於B伯爵，雖然西爾維奧對他非常忌妒，但仍推崇伯爵比自己高明：「年輕，聰明，俊美，快樂得近乎狂野」、「他的俏皮話總是比我的更出人意表，更犀利難當，當然，也更好笑許多」。I．L．P．中校提起伯爵時也說，伯爵與伯爵夫人都身出名門，男的「儀表俊美」，女的「美人胚子」，因此他首次面對他們時是「忐忑不安」、「讓我侷促不安更勝於前」。在中校與西爾維奧眼中，B伯爵是標準的白馬王子式的浪漫英雄。但讀者也從伯爵口中看到，伯爵第二次面對西爾維奧時內心寫實、脆弱的一面：「這時我感覺渾身突然毛髮豎立」、「我腦子裡是天旋地轉……」、「我急瘋了，大聲叫道……」。

透過三個敘事人的描述，普希金先為小說兩位主人翁披上不同的浪漫外衣，再把光鮮亮麗的外衣撥開，揭露他們真實、平凡、軟弱的內在。其實，普希金更以暗示、迂迴的手法批判所謂浪漫英雄。普希金暗示，西爾維奧爭強鬥勝、以決鬥為樂事、以復仇為目的的人生，其實是一團黑暗，象徵死亡。至於白馬王子式的伯爵，內心也不光彩。第二次決鬥時，他已沒有再抽籤與再射擊的權利，但他都做了，在當時來講，這是不名譽的行為。更齷齪的是，相較於西爾維奧兩次饒他不死，伯爵兩次都瞄準西爾維奧腦袋射擊，想一槍將他置於死地（判斷根據：第一槍失手打中帽子，第二槍失手打中西爾維奧身後、牆上的圖畫）。難怪「伯爵手指著那幅被子彈射穿的圖畫；他滿臉發燒，像一團火」，而西爾維奧會對伯爵說：「我就把你交由你的良心裁判吧」。

〈暴風雪〉：命運之神的手

一場突如其來的暴風雪決定了三個主角不同的命運。對弗拉基米爾而言，有情人終成眷屬的精心安排竟成朝露幻影，喜劇開場卻悲劇收場；對瑪麗亞而言，心上人未能如期趕赴婚禮，又戰死沙場，豈知柳暗花明又一村，「真命天子」竟然另有其人，並莫名其妙地自動送上門來，愛情故事以悲劇開端，但以喜劇結尾；對布爾明而言，一場近乎胡鬧、誤打誤撞、與不知名女子的婚禮，三年之後才知，原來這是姻緣天定，一場鬧劇竟然變成喜劇。命運弄人，命運也造人，讓人不勝唏噓！

似乎冥冥中有一雙手（不妨把它名之為命運）在操弄著小說中這場暴風雪。暴風雪是殘酷的，也是充滿智慧的。明眼讀者不難看出，官卑職微（陸軍准尉）、家境貧寒的弗拉基米爾與年輕、富有、貌美的瑪麗亞，兩人並不匹配。也因此兩人的愛情為女方父母極力反對，瑪麗亞與父母的潛在衝突可想而知。暴風雪對弗拉基米爾雖然殘酷，但也解決瑪麗亞的難題。驃騎兵上校布爾明，戰爭英雄，外表俊美（「面露迷人的蒼白」、「非常討人喜歡」），從各方條件而言，他才是瑪麗亞的「真命天子」。因此布爾明一出現，其他追求者自動退讓，瑪麗亞的母親也很欣慰「自己的閨女終於找到足堪匹配的如意郎君」。其實，老天的智慧凡人難料，那場暴風雪早就穿針引線，將布爾明與瑪麗亞的命運綁在一塊。

暴風雪就是命運，命運就是暴風雪。小說中多次重複這項主題。面對決定命運的暴風雪，「苦命的弗拉基米爾再如何奮力一搏也都枉然」；私奔之前，「在決定命運的日子前夕，瑪麗亞徹夜難眠」；瑪麗亞的馬車奔馳在暴風雪中，「我們這就把小姐交代給命運之神的安排」；布爾明交待暴風雪之夜發生的事情時，表示：「好像有誰在推著我般……我按捺不住……便頂著暴風雪上路」、「現在要違抗我的命運，已經太遲了」。可以說，故事真正的主角是這場暴風雪，這也是何以本篇小說名之為〈暴風雪〉。

〈棺材匠〉：日有所思，夜有所夢

在《別爾金小說集》各篇小說中，〈棺材匠〉是最讓讀者迷惑的一篇，因為不論人物、主題、背景、風格，它都與其他各篇截然不同。另外，它明明是各篇中最早完成的一篇，何以被普希金安排在小說集的第三篇？也讓讀者大惑不解。

關於這些問題，普希金並未交待，因此我們僅能旁敲側擊地探討。一八三〇年八月二十日，普希金的伯父——瓦西里．普希金（一七六六－一八三〇）過世。瓦西里在俄國是小有名氣的詩人，在普希金幼年時，瓦西里即發現普希金驚人的文學才華，對普希金疼愛有加。瓦西里的死難免讓普希金對人的生死問題多有感觸。尤其，瓦西里獨身無子，他的喪葬事宜完全由普希金一手處理，因此，作家於八月底喪事處理完畢，前往鮑爾金諾，於九月九日隨即寫下小說〈棺材匠〉。小說中，棺材匠搬家，「已是第四回把車從巴斯曼街拖往尼基塔街」，這裡的巴斯曼街正是普希金伯父過世的地方。

〈棺材匠〉與其他各篇小說，多所不同。其他故事都發生於鄉下地區（僅有〈驛站長〉部份情節發生於彼得堡），〈棺材匠〉背景則為城市（莫斯科）；其他小說的人物主要是貴族、地主、軍官等（只有老驛站長是低層公務員），〈棺材匠〉中是小市民（棺材匠、鞋匠等）；各篇都有俊男、美女，唯獨〈棺材匠〉中都是平凡男女；其他各篇篇幅較長，故事發生背景、情節等結構完整，〈棺材匠〉則明顯簡短，故事僅是橫跨兩天發生的事件；敘事風格而言，其他四篇有如太陽神阿波羅般的客觀、理性，〈棺材匠〉則是酒神戴奧尼索斯般的主觀、感性。因此，〈棺材匠〉夾在上下各兩篇之間，不但讓《別爾金小說集》上下結構平衡、對稱，也達到調和感官的效果。

本篇故事描寫一群鬼魂登門造訪阿得里揚．普羅霍羅夫，氣氛陰森、詭異。鬼故事是當時浪漫主義小說常常採用的題材，但正如本篇小說所言，本故事是尊重事實，因此普希金對於鬼魂題材採取寫實主義的手法，讀者讀到最後一頁才豁然大悟，原來這不過是阿得里揚·普羅霍羅夫日有所思、夜有所夢的情節。細讀之下，我們可以為這場鬼魂之夢找到合理、寫實的解釋：主人翁本來從事的就是與往生者打交道的行業；主人翁天性憂鬱、沉默寡言；他這兩天正為很多喪服縮水、很多喪帽變形而發愁；他指望年邁的女商人特留欣娜儘快過世以彌補損失；他的職業受嘲笑，尊嚴受損，酒醉中邀請往生的客戶參加他喬遷之喜。

〈驛站長〉：寓言與反諷

普希金對於小說的情節、人物、背景等，常常有如素描作家般，淡淡幾筆，就讓人物栩栩如生，讓故事扣人心弦。但是〈驛站長〉中，作者對老驛站長屋裡牆壁上的四幅圖畫卻描寫得異乎尋常地詳細，可見以聖經寓言「浪子回頭」為背景的這四幅圖畫，在本篇小說中具特殊地位。

圖畫內容分別是：（一）年輕人在老父祝福下離家；（二）年輕人和虛偽的朋友與無恥的女人鬼混作樂；（三）年輕人錢財散盡，落得衣衫襤褸，以照顧豬群維生；（四）浪子回頭，跪倒在地，回到老父身邊。

小說情節似乎也按照四幅圖畫發展：（一）杜尼婭在老父敦促下搭上驃騎軍官明斯基的馬車而去；（二）在陳設考究的豪宅中，杜尼婭衣著華麗，手指閃閃發亮（想必是手戴鑽戒），和明斯基在一起，並坐在他的安樂椅的扶手上；（三）老驛站長含淚描述，杜尼婭今日綾羅綢緞，明日終將流落街頭，掃街維生；（四）杜尼婭回到村子，哭倒在老父墳前。

其實，經過仔細對比與推敲，讀者可發現，寓言故事與小說情節表面上似乎多所吻合，然而，故事實際發展卻截然不同。在此，普希金筆下充滿反諷之意。

圖畫（一）中，浪子是主動急於離家；小說中，明斯基邀請杜尼婭上車，杜尼婭猶豫不決，反而是老父敦促她上車。圖畫（二）中，浪子結交的是虛偽的朋友與無恥的女人；小說中，杜尼婭結交的明斯基是有情郎，二人彼此相愛。圖畫（三）中，浪子錢財揮霍一空，衣衫襤褸，與豬群為伍；小說中，杜尼婭坐擁豪宅，身穿華服，手戴鑽戒，出門六頭馬車代步，身旁有情人相伴，膝下三子，家庭幸福美滿；圖畫（四）中，浪子回頭，老父出門相迎，場面歡樂；小說中，杜尼婭衣錦還鄉，老父已經過世，杜尼婭哭倒老父墳前，場面哀戚。

另外，本小說中，還影射聖經「迷途羔羊」與「牧羊人」的寓言，其中也充滿反諷的味道。杜尼婭與明斯基私奔後，老驛站長心想：「或許，我能把我那迷途的羔羊帶回家。」按照驛站長的想法，杜尼婭是「迷途羔羊」，那驛站長自己就是「牧羊人」。但杜尼婭果真是糊裡糊塗的「迷途羔羊」？而老驛站長果真具有「牧羊人」（新約聖經中耶穌常將自己比為「牧羊人」）的真知灼見嗎？

杜尼婭冰雪聰明，年僅十四歲，不但能夠把家裡一切打理的井然有序，還能周旋於過路的達官貴人、太太小姐之間，屢屢為老父解危，免受皮鞭之苦。她一旦離家之後，朝氣蓬勃的驛站長頓時變得頹廢衰老。由此可知，老驛站長名為一家之主，其實杜尼婭才是家庭的重心。此外，杜尼婭個性堅定，勇敢追求愛情（當然也勇敢追求優越的經濟生活），最後也達成幸福美滿的目標。杜尼婭對鄉下童子說的一句話：「**我自己認得道路**」，深具象徵意義。她堅定地表明，她不是「迷途羔羊」。

至於自認是「牧羊人」的老驛站長由於誤判把自己女兒推上明斯基的馬車；再由於誤判，認為女兒願意回到自己懷抱；又誤判女兒終將遭明斯基遺棄，流落街頭。更諷刺的是，這位「牧羊人」竟然是酗酒而亡。

蘇聯時代文學批評家出於社會主義觀點，普遍認為〈驛站長〉是在描寫小人物的悲哀，而驛站長的悲劇是由於社會階級制度的不公所造成。仔細揣摩小說中的反諷，讀者當可發現，普希金所想表達的應該不止於此。一個作家若只想表達某特定意識型態的觀點，則他的作品將為特定的時空所侷限。只有探觸普遍的人性與普世的價值，文學作品才能跨越時空，並造就好的作家。普希金不只是好作家，他是偉大作家。

〈小姐與村姑〉：傳統與創新

本篇故事是很傳統的喜劇模式：一對青年男女（阿列克塞、阿庫莉娜）墜入情網，但好事多磨，往往遭到父輩的反對——男方父親堅持，阿列克塞必須迎娶貴族之女麗莎，最後劇情來個大轉折，問題便迎刃而解；這種轉折便是亞里士多德所謂的「發現」——原來阿庫莉娜就是麗莎。

在固定模式之中，普希金的創新在於，他表面上採用不少當時流行小說的老哏，實際上卻以嘲諷的口吻，運用「發現」的手法，顛覆固有小說的模式。例如：〈小姐與村姑〉的男主角阿列克塞的出場，「他是第一位以憂鬱、絕望之姿出現在她們眼前的人物，第一位向她們訴說逝去的歡樂與凋萎的青春；此外，他手上戴著黑色戒指，上面刻有死人頭像」，讓人想起十九世紀初流行於歐洲文壇的拜倫式浪漫英雄，都具有憂鬱、孤獨、悲觀、脫離人群的特色。難怪女主角麗莎未與他見面之前「……還以為他一臉蒼白……一臉憂鬱、若有所思……」。隨著劇情發展，大家才發現，孤獨、憂鬱的外表其實是阿列克塞的假面具，他原來是一個健康、快樂、熱情、活潑的小伙子。

還有一項老哏：小說以別列斯托夫、穆羅姆斯基兩家父輩人物的衝突為開端，讓讀者一度擔心，阿列克塞與麗莎的戀情是否會是《羅密歐與茱麗葉》的翻版。豈知劇情一轉，讀者便發現，兩家父輩的衝突其實沒啥大不了，老穆羅姆斯基一次意外摔落馬下，老別列斯托夫適時給予援手，兩家仇恨便從此煙消雲散。

另一項老哏源自於俄國感傷主義文學之父——卡拉姆津（Н. М. Карамзин, 1766−1826）的小說《可憐的麗莎》（一七九二）。卡拉姆津筆下的情節：貴族青年埃拉斯特與農家女麗莎相戀，埃拉斯特始亂終棄，麗莎最後投河自盡。這項類似主題在《別爾金小說集》中多次採用，普希金不但顛覆「門不當、戶不對」的愛情結局，各篇小說的處理方式也大不相同。〈暴風雪〉中，命運之手掀起一場暴風雪，活生生拆散貧窮准尉弗拉基米爾與富家女瑪麗亞的美好姻緣；〈驛站長〉中，貴族軍官明斯基與老驛站長之女杜尼婭，兩情相悅，不顧老驛站長的反對，堅持對愛的追求，終於獲得快樂美滿的婚姻；至於〈小姐與村姑〉中，大地主的兒子阿列克塞，不顧父親信誓旦旦要他變成窮光蛋的威嚇，仍然一心一意要娶鐵匠女阿庫莉娜為妻，最後意外發現，阿庫莉娜竟然是父親為兒子屬意的對象——貴族之女麗莎的化身，於是故事圓滿落幕。

譯者後記

譯者後記

國家圖書館出版品預行編目（CIP）資料

普希金小說集 / 普希金著 ; 宋雲森譯 . -- 初版 . -- 新竹市 : 啟明 , 民 105.05

冊 ; 公分

ISBN 978-986-88560-7-3(全套 : 平裝)

880.57　105003903

普希金小說集

作者　普希金

譯者　宋雲森

編輯　許睿珊

校訂　吳岱蓉、聞翊均

發行人　林聖修

設計　Timonium lake

出版　啟明出版事業股份有限公司

地址　新竹市民族路27號5樓

電話　03-522-2463

傳真　03-522-2634

網站　http://www.cmp.tw

電子郵件　sh@cmp.tw

法律顧問　北辰著作權事務所

印刷　Printform

總經銷　紅螞蟻圖書有限公司

地址　台北市內湖區舊宗路二段121巷19號

電話　02-2795-3656

傳真　02-2795-4100

中華民國105年5月2日　初版

ISBN　978-986-88560-7-3

定價　700元

版權所有　翻印必究

如有缺頁破損、裝訂錯誤，請寄回本公司更換

А. С. ПУШКИН: ПОВЕСТИ И РОМАНЫ

ПОВЕСТИ ПОКОЙНОГО ИВАНА ПЕТРОВИЧА БЕЛКИНА

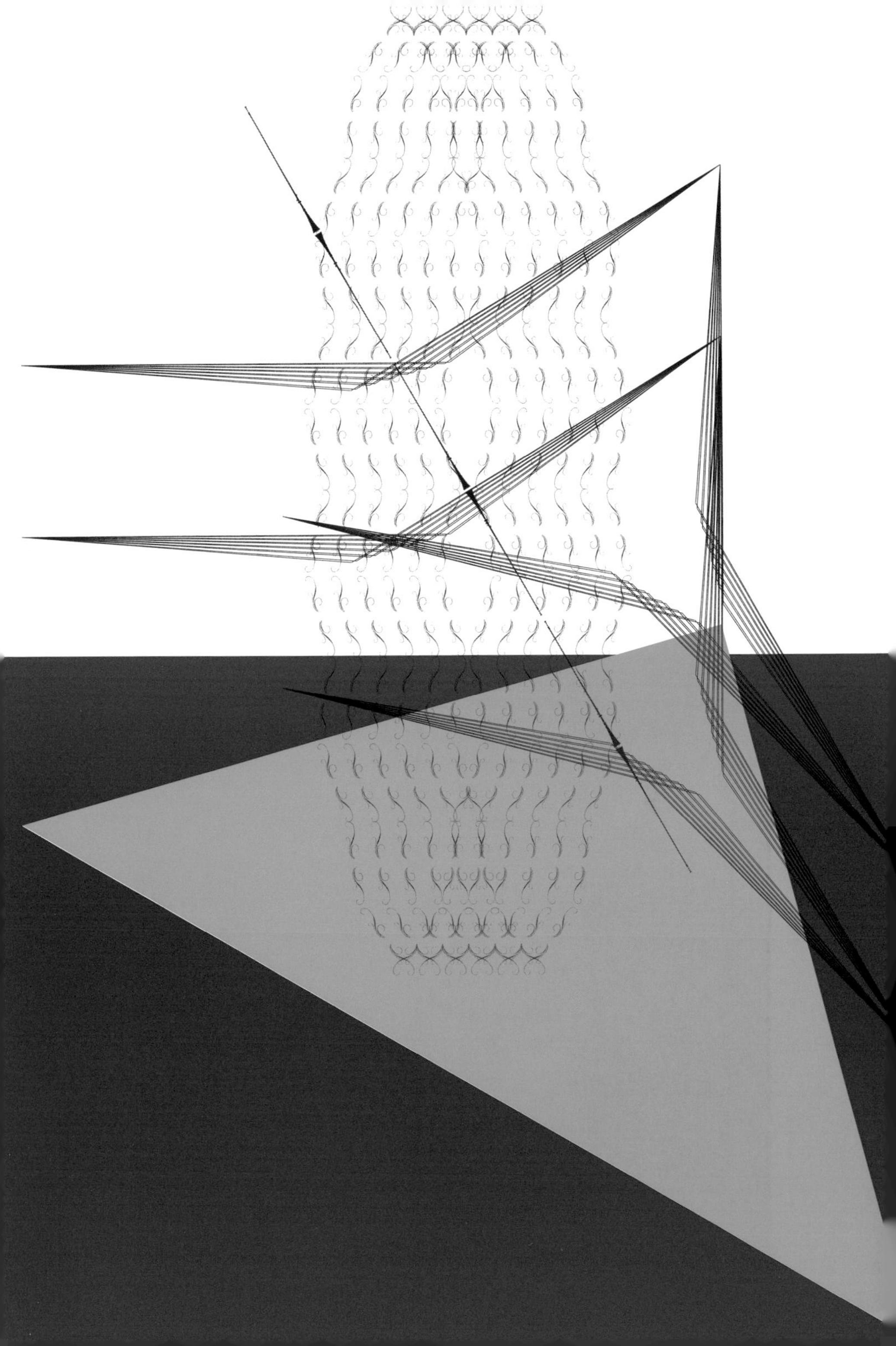